—————— 阅读之前 没有真相

午夜文库

劳伦斯·布洛克
雅贼系列

劳伦斯·布洛克 Lawrence Block（1938— ）

享誉世界的美国侦探小说大师，当代硬汉派侦探小说最杰出的代表。他的小说不仅在美国备受推崇，还跨越大西洋，征服了自诩为侦探小说故乡的欧洲。

侦探小说界最重要的两个奖项，爱伦·坡奖的终身成就奖和钻石匕首奖均肯定了劳伦斯·布洛克的大师地位。此外，他还曾三获爱伦·坡奖，两获马耳他之鹰奖，四获夏姆斯奖（后两个奖项都是重要的硬汉派侦探小说奖项）。

劳伦斯·布洛克的作品，主要包括四个系列：

马修·斯卡德系列：以一名戒酒无执照的私人侦探为主角；

雅贼系列：以一名中年小偷兼二手书店老板伯尼·罗登巴尔为主角；

伊凡·谭纳系列：以一名朝鲜战争期间遭炮击从此睡不着觉的侦探为主角；

奇波·哈里森系列：以一名肥胖、不离开办公室、自我陶醉的私人侦探为主角。

此外，布洛克还著有杀手约翰·保罗·凯勒系列。

劳伦斯·布洛克生于纽约布法罗，现居纽约，已婚，育有二女。

劳伦斯·布洛克作品年表

1966 《睡不着觉的密探》
1976 《父之罪》《在死亡之中》
1977 《谋杀与创造之时》《别无选择的贼》
1978 《衣柜里的贼》
1979 《喜欢引用吉卜林的贼》获尼禄·沃尔夫奖
1980 《研究斯宾诺莎的贼》
1981 《黑暗之刺》
1982 《八百万种死法》
1983 《像蒙德里安一样作画的贼》
《八百万种死法》获夏姆斯奖
1986 《酒店关门之后》
1987 《酒店关门之后》获马耳他之鹰奖
1989 《刀锋之先》
1990 《到坟场的车票》
《刀锋之先》获夏姆斯奖
1991 《屠宰场之舞》
1992 《行过死荫之地》
《到坟场的车票》获马耳他之鹰奖
《屠宰场之舞》获夏姆斯奖、爱伦·坡奖
1993 《恶魔预知死亡》
1994 《一长串的死者》
《交易泰德·威廉姆斯的贼》
1995 《自以为是鲍嘉的贼》
《一长串的死者》获爱伦·坡奖
1997 《向邪恶追索》《图书馆里的贼》
1998 《每个人都死了》《杀手》
1999 《麦田里的贼》《黑名单》
2001 《死亡的渴望》
2003 《小城》
2004 《伺机下手的贼》
2005 《繁花将尽》
2011 《一滴烈酒》
2013 《数汤匙的贼》

雅贼全集精装典藏版①
别无选择的贼
Burglars Can't Be Choosers

（美）劳伦斯·布洛克 著
王凌霄 译

新 星 出 版 社　NEW STAR PRESS

献给史蒂夫和南茜·施韦纳尔

1

九点钟刚过,我提起布鲁明戴尔百货店的购物袋,跟着那个长着一张马脸的金发高个子走出门外。他手里拎着一个扁扁的公文包,扁得似乎什么东西都放不进去。如果你见到他,会以为他是个很时尚的模特。他的外套是时髦的苏格兰格子面料,头发比我的略长,但是经过精心打理,可比我的有型得多。

"又见面了。"我说,这是百分之百的睁眼说瞎话,"看来今天天气还算不坏。"

他微微一笑,完全相信我是他的邻居,我们经常会聊上两句。"不过,傍晚却起风了。"他说。

"的确是有点风。"反正不管他说什么,我都会全力附和。他表情庄重,朝六十七街的东边走去。正合我意。我刻意接近他当然不是想和他打场手球,也不是想套出他发型师的名字,或是跟他交换烤饼干的配方。我是要用他做掩护,遮住门卫的目光,帮我蒙混过关。

让我觉得有点麻烦的门卫就站在这幢七层楼房的入口，在过去的半小时里，他和他身后的建筑物一样一动不动。我给他那么多机会开小差，他都不知道利用。现在我只好硬生生地从他身边走过去。说起来容易，做起来可真麻烦。但是跟我琢磨出来的其他方法相比，这已经是最简单的了——否则，我就得绕着这个街区走一圈，先混进旁边的公寓，再钻进我想进入的楼房，爬上烟囱，像鸟一样扑到防火逃生梯上，手里拿着手电筒，在地下室的铁格子或是一楼的窗子边闯出一条生路。这种做法也不能说完全不可能，但何必如此？欧几里得的简单原则在这里最适用：进入公寓最短的路程，就是——走正门。

我真希望我的金发高个子朋友是公寓楼的住客，如此我们便可以边走边谈，堂而皇之地走进大厅，上到电梯。可惜我的运气没那么好。在我确定他会一直往东走之后，便对他说："我得在这儿上楼了。希望你在康涅狄格州的生意做得顺利。"

这句话应该会让他糊涂一阵，因为我们的对话中根本没谈到地点，也没提做生意的事情。他一定以为我认错人了，不过，反正也没什么关系。金发高个子继续往东，前往麦加；而我往右转，走进巴西，朝门卫的方向胡乱地点点头、笑了笑，再跟身边的灰发女人——她下巴的尺寸绝不是个传统的数字——咕哝了声"晚上好"，她那只小约克夏在我的脚后跟咕咕直叫。我故意昂首阔步地朝电梯走去。

我来到四楼，张望了好一会儿才找到楼梯间，往下走了一层。这是我的习惯，但我自己也弄不明白是怎么养成的。我想可能是哪部电影里有人这么做过，在我的脑海里留下了深刻的印象，但这很浪费时间，而且电梯里并没有服务员。你的确应该知道楼梯间在哪儿，以备不时之需，但好像用不着自己这么楼上楼下地跑一趟。

我走到三楼，在楼房的前半边找到了我的目标——三一一房。我在门前站了好一会儿，侧耳倾听，然后使劲按了一下门铃，静静等待了三十秒，接着再按了一次。

我可以保证，等待三十秒绝对不是浪费时间。美国五十个州免费提供吃的、穿的和住的给那些不按门铃的粗心汉。不过单单按那个烂玩意儿是不成的。回想两年前，我在公园大道公寓里相中了一对人缘颇好的夫妇，他们姓桑多瓦尔。我拼命按他们家的门铃，按到手酸，结果直接进了牢房，连闪躲的机会都没有。门铃坏了。桑多瓦尔夫妇在屋角的餐桌边，美美地享用着刚烤好的英国松饼，而我——伯纳德·格林姆斯·罗登巴尔——不久便被关进了铁窗深锁的牢房。

这次的门铃是好的。第二声跟第一声一样，没有得到回应。我把手伸进大衣——去年的款式，橄榄色，不是时髦的苏格兰格子花纹——从裤子口袋里掏出一个皮包，里面有好几把钥匙，还有几件用德国精钢铸成的小巧工具。我打开皮包，敲敲门表示祈福，然后便开始工作。

有件事很有趣。你住的地方越豪华、房租越贵、门卫越精明,哈,你的公寓就越容易被侵入。如果住在地狱厨房①那种楼房的一楼侧翼,不用进到大堂就可以出入房间,房客就格外紧张,除了加上好几道防盗锁之外,还要外加一道西格尔警察锁以求心安。住在那里的人都相信小混混随时会破门而入,力气大的说不定连锁头都能扭掉,所以绝对不会嫌麻烦。但如果住处富丽堂皇,足以使顺手牵羊的人望而却步的话,多数的房客就会使用房东提供的门锁。

这个房东用的是雷布森牌门锁。倒不是说雷布森锁很糟糕,其实它很难开,只是不巧,我偏偏是个高手。

我猜我开这道锁花了一分钟的时间。一分钟可长可短,可能转瞬即逝,也可能性命攸关。一个小偷把开锁工具插到钥匙孔里,想进入一间显然不属于他的房间,一分钟算是很长的了。在这六十秒里,走道上任何一扇门都可能打开,然后走出一个爱管闲事的家伙,质问你是谁、在这里干什么。

没有人开门,也没有人从电梯里走出来。我用我那些小巧的精钢工具,十指如飞,钩动了锁里的倒钩,机关一转,紧扣的钩子便松脱弹了开来。我喘了一口气,屏住呼吸,然后又深吸一口气。我把小钩子往里面伸了

---

①地狱厨房(Hell's Kitchen),指纽约曼哈顿一个犯罪率极高的社区,包括第三十四和第五十七大街之间的地区,大致从第八大街到哈得孙河。

一点,钩开门锁,听到了"咔"的一声,心里漾起一阵兴奋,这有点像坐过山车,也有点像性高潮。具体怎么解读,请你随意。

我扭开锁头,把门往里推开半英寸,感觉血往上涌。你永远不知道门后面是什么。这会让你兴奋,也会让你害怕。不管你积累了多少经验,这个时候心里还是会一阵寒战。

锁一旦打开,就不能像老太太下游泳池那样一寸一寸地挪了。我把门一推,闪了进去。

房间里一片漆黑。我关上身后的门,从口袋里拿出一个笔形手电筒,把室内照了一圈。窗帘拉上了。这就是屋内伸手不见五指的原因。现在就算我把电灯打开,对面的人也不可能知道我在里面。三一一房正对着六十七街,但有了这层窗帘,就像有了一堵墙一样。

我打开门边的开关,两盏桌灯亮了起来,灯罩上有类似毛玻璃的装饰,颇有几分颜色多变的蒂芙尼风格。看起来好像是复制品,但我却很欣赏。我开始打量这个房间,不慌不忙,细细感受。这是我的习惯。

房间很舒适,也很宽敞,大约有十五英尺宽,二十五英尺长。光亮的深色橡木地板上,铺了两块东方地毯,一块来自中国,另一块产于布哈拉①,不过我不是十分确定。

---

① 布哈拉(Bokhara),乌兹别克斯坦西部的一个地区,以地毯闻名。

我想我应该多多研究地毯，可老抽不出时间，可能是因为它们偷起来太麻烦了。

我很自然地走到书桌边。这是一张十九世纪的橡木书桌，巨大而沉重，桌面可以收起。我最喜欢这样的桌子，平时见到一定会忍不住走过去仔细端详，但是，我这次闯进公寓里，却是想拉开它的抽屉，找出里面的暗格。这是那个眼神游移、身材臃肿得像个梨子的人告诉我的，而我又凭什么怀疑他的话？

"那里面有张大桌子，很有些年头了。"他说，巧克力色的眼睛看着我的肩膀，"这种书桌叫作伸缩书桌，因为桌面是可以收卷起来的。"

"这名字取得不错。"我说。

他没搭理我。"你一走进房间就可以看见，那张桌子就像个神龛一样。盒子就放在桌子里面。"他举起小小的手，比画了一下，"大概这么大，跟雪茄盒差不多。也许大一点，也许小一点，我管它叫雪茄盒，是蓝色的。"

"蓝色的。"

"蓝色的皮革。盒子应该是木质的，只是外面裹了一层蓝色的皮面。皮面之下是什么质料倒不要紧，重要的是盒子里面的东西。"

"盒子里面是什么？"

"那不关你的事。"我看了他一眼，正想问他我们俩谁是阿波特，谁是科斯特洛①，他的眉头皱了起来，"盒子里面的东西对你来说是五千美元。几分钟的工作可以换五千美元。至于盒子里面是什么东西……坦白说吧，盒子是锁着的。"

"我明白了。"

他的目光从我左肩的上方移到我右肩的上方，然后停在我的眼睛上。他眼神闪烁、轻蔑无礼。"那几道锁，"他说，"对你来说实在不算什么。"

"锁，对我来说很要紧。"

"总之盒子上的锁不用打开。"

"我明白。"

"打开真的很不明智。你把盒子交给我，拿走尾款，这样大家都高兴。"

"哦，"我说，"我知道你的意思。"

"嗯？"

"你在威胁我，"我说，"真有意思。"

他睁大眼睛看了我一会儿。"威胁？别用这个字眼，兄弟，建议和威胁是完全不同的。我怎么会威胁你呢？"

"我根本没想打开你的蓝皮盒子。"

"外面裹着皮而已，不是皮盒。"

"对。"

---

① 阿波特（Abbott）和科斯特洛（Costello）是一九四〇到一九五〇年间好莱坞著名的喜剧搭档。

"这其实没什么区别。"

"几乎没有。什么样的蓝色?"

"嗯?"

"深蓝,浅蓝,知更鸟蛋般的蓝,普鲁士蓝,钴蓝,灰蓝……到底是哪一种蓝色?"

"有什么不同吗?"

"我只是不想错拿了别的蓝盒子而已。"

"那倒不用担心。"

"你这么说就行。"

"把那个蓝皮盒子拿给我,别打开。"

"知道了。"

这次谈话后,我花了好几个小时去想到底要不要打开那个盒子。我太了解我自己了,每一道锁对我来说都是一种不可抗拒的诱惑,我越是刻意不去打开,那道锁的吸引力就越大。

何况我已经不是孩子了。如果你已经被关过两次,判断力也应该有所提高。打开那个盒子似乎只有危险,无利可图。

不过在为这个问题烦恼之前,我得先找到那个盒子,在找到盒子之前,得先打开书桌的抽屉。但我还没打算动手干活。首先,我要感受一下这个房间。

有些贼和恋人一样,只是想进去再出来。有些贼则喜欢追寻房间主人的心路历程,感受房间摆设传递的信息。

和他们不一样，我喜欢全身心投入周遭的环境，想象我如果是这里的主人会过怎样的日子。

我现在就把J.弗朗西斯·弗兰克斯福德的公寓变成了伯纳德·格林姆斯·罗登巴尔内心的小城。我坐进宽敞的安乐椅中。这把椅子背后有羽翼状的装饰，用墨绿色皮革裹住。我把腿往脚凳上一放，神态悠闲，开始打量我的新生活。

墙上挂了好几幅画，画框隐隐泛着金光。其中一幅是风景画，画风颇似透纳[①]，但画技显然逊色不少。两幅岁月悠久的素描被装进恰到好处的椭圆形画框——一男一女在一尘不染的壁炉前深情相望，若有所思。他们是弗兰克斯福德的祖先吗？或许不是，但他会想象他们是吗？

没关系，我就认定他们是我的祖先，凭想象胡乱编个故事。壁炉里应该有火，暖融融的。我拿了一本书、一个杯子，坐在摇椅上，一条狗依偎在我的脚边。应该是那种大狗，上了年纪，不大会叫，也不莽撞。也许毛绒狗玩具最适合现在的情境……

书。我身边有盏落地灯，灯光的高度恰巧适合阅读。身后的墙壁前是一排排的书架和装满书的箱子。椅子的一边是个可移动的书架，我坐在椅子上伸手可及，另一

[①] 透纳（Joseph Mallord William Turner, 1775—1851），英国风景画和水彩画家，代表作包括《严寒的早晨》、《渡过小河》等。他终身未娶，对私生活讳莫如深，行为孤僻。

边是张矮桌，上面有个装香烟的银盘和一个很大的玻璃烟灰缸。

好吧，我坐在这里读了很多书，是那种很有品质的好书，不是流行的快餐垃圾。也许架子上那些真皮装订的书不过是摆摆样子，书页还没有裁切开。如果我真的住在这儿，或许情况就不一样了。我要在手边放两个凸肚酒瓶，一瓶装白兰地，一瓶装上好的红酒。只要把香烟盘丢掉，就有地方可以放酒瓶；烟灰缸可以留着，我喜欢它的大小和式样。我也许会重拾烟斗，以前我总是被烟斗烫伤舌头，时光流逝，智慧增长，说不定我可以想出解决方法。我把脚往脚凳上一放，翻开手上的书，白兰地和红酒触手可及，壁炉中火光摇曳，满室生春……

我花了好几分钟遐想，琢磨着我搬进弗兰克斯福德的公寓之后会过怎样的日子。我知道做这种事很蠢、很孩子气，也很浪费时间，但我这么做是有目的的——可以让自己不那么紧张。我每次闯空门，心都悬着，连气也喘不过来。胡思乱想一下，会让我觉得这里是我的家；哪怕只是轻松一下，似乎也很有帮助。我依然不明白最初自己为什么要这样做，以及为什么会保持这个习惯。

我其实没浪费多少时间，因为我戴上橡胶手套开始工作之前看了一下手表，当时是九点十七分。我用的橡胶手套很紧、很服帖，就是医生用的那种。我在手套的手掌和手背之间割了两个开口，以免汗出得太厉害。跟其他的橡胶紧身制品一样，这种手套不会影响你的敏感度，而且能让你心里踏实很多。

这张书桌有两道锁。第一道锁锁住了那个可以收卷起来的桌面，另一道锁住了右手边的第一个抽屉，只要将它打开，其他抽屉也会应声而开。我觉得可以找到钥匙——很多人喜欢把抽屉的钥匙放在书桌附近——不过，用我自己的工具开锁更简单，也快得多。到目前为止，我还没遇到过打不开的书桌锁。

这两道锁也不过如此。我把桌面推开，开始研究里面的东西——一格一格的，这里一个小抽屉，那里一个小暗格。我们的祖先不知道为什么觉得这是处理琐事的好办法。我一直觉得把零碎物件到处藏，还不如把它们全放在一个箱子里，想要的时候再去找。但我想这世上有很多人相信每样东西都有属于自己的地方，应该井井有条地各归其位。有人把鞋柜里的鞋按照高矮排好，有人每三个月换一次轮胎，还有人会每周固定一天剪指甲。

他们会把指甲刀放在哪里呢？一定是规规矩矩地放在抽屉的某个格子里吧。

蓝盒子没放在桌面底下。我那个身材像梨子的顾客比画得很清楚，盒子不可能塞到某个暗格或是小抽屉里去。我打开锁，把扣住下面抽屉的暗扣松开，先抽出右边最上面的抽屉。大部分人会把珍贵的物品藏在右边的第一个抽屉里——我不知道为什么——我一个抽屉、一个抽屉地找，却找不到那个盒子。

我翻抽屉的速度很快，但也不至于快得失去头绪。虽说尽早脱身总是对的，可眼睁睁地看着公寓里的财物从眼前溜过，这实在不是我可以容忍的损失。许多人把现金放在家里，也可能是旅行支票、珍奇钱币、可以轻易变卖的珠宝，或是别的可以放进购物袋的好东西。交货之后，我可以收到四千美元的尾款——一千美元的预付金现在正鼓鼓地塞在我的裤子后口袋里——不过，外加点红利也不错。这套公寓的主人绝对不用愁他的下一餐在哪里。如果运气好，五千美元甚至会让我明年所有的生活开支都有着落。

只有在逼不得已的时候，我才会想干活儿。我也知道这不好。但活儿干得越多，被抓的机率也越大。空门闯多了，迟早会被发现。只要被抓到一次，接下来你就会连续被捕。一年做个四次五次，或者六次，也就够了。几年前我不是这么想的，也许我还想证明什么吧。只要还活着，就会学乖，人生通常就是这么回事。

我尽快翻了一下抽屉，从这一边搜到那一边，只找到一些文件、账本、相册、几串好像什么都开不了的钥匙、一本面值三分钱的邮票——还记得那东西吗——一只小孩用的毛手套、一副你妈会叫你戴上的那种耳罩、一个一九四九年水牛城海上信托公司印的万年历和一本跟扑克牌差不多大小的钦定版《圣经》①、一副和《圣经》差不多大小的塔里－荷扑克牌、一沓里面可能还有信的信封、很多张用旧橡皮筋捆着的、用过被退回的支票——大概包括过去二十年来所有的票子，还有一大堆回形针，多得可以串起来给小孩跳绳玩，说不定连大人都可以……此外，就是一张来自沃特金斯·格伦②的明信片。几支钢笔、圆珠笔，还有一大把铅笔——笔尖全都断了。

没有值钱的钱币，没有现金、旅行支票、记名债券、股票、戒指、表、宝石——不管是打磨过的还是没打磨过的，不过这里倒有一块挺雅致的石木，镶在厚木板上，可以做镇纸。我也没翻到金条、银链，连比三分邮票值钱的东西都没有。天哪，更惨的是我也没找到蓝盒子，别说是镶皮的，连个盒子都没有。

妈的。

我当然不高兴，但也不紧张。我撑直身体，轻叹一口气，寻思着弗兰克斯福德把威士忌放在哪里。此时我突然想到自己在工作的时候一向滴酒不沾，但一转念又想到了放在银盘里的香烟，只得再次提醒自己很多年前就戒烟

---

①钦定版《圣经》(King James Version of the Bible，简称 KJV)，是《圣经》的诸多英文版本之一，于一六一一年出版，由英王詹姆斯一世下令翻译。钦定版《圣经》不仅影响了随后的英文版《圣经》，对英语文学的影响也很大。为了让更多未受良好教育的普通人也能知晓"上帝的旨意"，该部《圣经》的总词汇量只有八千个常用的英语单词，十分容易理解。
②沃特金斯·格伦(Watkins Glen)，纽约西部的度假胜地，有壮观的峡谷和瀑布。

了。我又叹了口气,还是再看一遍抽屉吧,里面的东西乱七八糟,就算是雪茄盒般大小的东西也很有可能看漏。我瞥了一眼我的表,还差二十三分就十点了,我想我在十点前离开为好,最晚也不能超过十点半。再把抽屉搜一遍,然后就去起居室,看看有没有别的可藏东西的地方,如果还有必要,再到其他房间转转,之后就该说再见了。我朝微微冒汗的手掌吹了口气,想凉快一下,可是裹在橡胶手套里的手掌一点都感觉不到。我正想叹第三口气,却听到了钥匙插进锁孔的声音,顿时僵立住没动。

弗朗西斯·弗兰克斯福德应该在十二点左右才会回来,大个子说得很清楚。

同样,蓝盒子也该在抽屉里才对。

我转向门边,屁股抵住桌子。我听到钥匙转动,扣环被挑起,然后弹簧门把被扭开,随即是一阵死寂。门向内推开,两团蓝影倏地闪了进来。两个男人拿着两把枪,枪口对着我。

"别紧张。"我说,"只有我一个人。"

2

第一个进来的警察我不认识,那是张年轻的新面孔,不过我认识他的伙伴。这个长着一头斑白灰发、长鼻子、体格壮硕的家伙叫雷·基希曼,好像在他们还用毛瑟枪的时代,雷就在纽约当警察了。几年前他抓到过我,那时他还算讲理。

"好家伙。"他把枪放下来,另一只手按住他的伙伴,以示安抚,"这不是罗登巴尔太太的儿子伯纳德吗?把枪放下,罗伦。伯尼① 从不会跟人动粗。"

罗伦把枪放回枪套,挤出几立方英尺的空气。别以为进门紧张的只有盗贼这样的可怜虫,老到的雷刚才是叫他的伙伴先跨进门槛的。

我说:"嘿,雷。"

"好久不见了,伯尼。跟我的新搭档打个招呼吧——

---

①伯尼(Bernie)是伯纳德(Bernard)的昵称。

罗伦·克莱默。这位是伯尼·罗登巴尔。"

我们寒暄了几句,我还伸出手要跟他握手。罗伦有些困惑,盯着我的手看了半天,还慌张地摸了摸他腰间的手铐。

雷笑了。"行了,"他说,"没有人会铐伯尼的,他不是那种你会在街上碰到的疯狗,罗伦。他是这行里的高手。"

"哦。"

"关上门,罗伦。"

罗伦把门关上了——却没有锁——我觉得轻松了不少。这样的话就不会引来太多的注意,也不会有邻居在走廊上张望。我现在只希望今晚剩下的时间,能在自己的屋顶下度过。

我很客气地开了口:"我没想到你在这里,雷,你常来吗?"

"好小子,你啊。"他微笑着说,"年纪大了,手脚没以前利落了吧?知道吗,我们的车就在附近,有人报了案。有个女人说她听到了奇怪的声音。你以前的动作不是轻得和老鼠一样吗?你多大年纪了,伯尼?"

"四月份满三十五,怎么了?"

"金牛座?"这是罗伦问的。

"五月底,双子座。"

"我太太是金牛座。"罗伦说,他从皮带上把警棍取下，不住地在手掌上敲打着，啪啪作响。

"怎么了？"我又问了一句。这句话让情况变得有点混乱。罗伦跟我说，他太太生在那个月份，所以是金牛座；可我其实是想知道雷问我的年纪干什么。雷的表情有点不好意思，因为这话题是他挑起来的。不知道罗伦在想什么，才会有这番前言不搭后语的谈话。

"你年纪大了，所以没那么灵巧了。"雷解释说，"弄出声音吵了别人，这不像是你。"

"我从来没有弄出声音过。"

"今天却失手了。"

"今天也没有。我刚到这里。"

"什么时候到的？"

"不知道，几分钟之前吧。十五到二十分钟。雷，你确定没走错房间吗？"

"我们捉到一个贼了，不是吗？"

"那倒是。"我承认道，"但是，报案的人说得很清楚吗？三一一房？"

"没说房号，只说公寓右前方，那不就是这一间吗？"

"很多人是分不清楚左右的。"

他看着我。罗伦还在玩警棍，不断击打他的手掌，然后想用一个潇洒的动作挂回腰际。他的警棍上有个钩环，可以挂到皮带上。但钩环太长了，罗伦不留神把警棍掉在了中国地毯上，还弹了一下。罗伦连忙去捡警棍，雷转头看了一下，眉头紧皱。

"这比我整个晚上弄出来的声音都要大得多。"我说。

"喂，伯尼——"

"他们会不会是说楼上的房间？也许报案的女人是英国人，英国人对楼层的说法跟美国不一样。他们管一楼叫底楼，所谓的三楼可能是从底楼往上数三层，应该是我们的四楼，而且——"

"哦——"

我看着罗伦，接着把目光转向雷。

"你是怎么了？疯啦？要我宣读你的权利，然后你才会觉得你是在犯罪现场被逮到的现行犯吗？你在想什么呢？伯尼——"

"我刚刚到这里，而且没有弄出任何声音。"

"那就当是隔壁的猫撞倒了架子上的东西，吵了别人，不过我们运气好，歪打正着抓到了你。这里不就只有你和我们吗？"

"对。"我笑了，笑里带着深深的懊恼，"你的运气真好。好了，我今天晚上收获不错。"

"是吗？"

"很不错。"

"有意思。"雷说。

"你的钥匙是从门卫那里拿的？"

"是啊，他放我们上来的。我们跟他说他应该谨守岗位。"

"所以除了你们俩,没人知道我在这里?"

他们俩对看了一眼。这两人对比强烈,雷衣着邋遢,年轻的罗伦制服笔挺,熨烫整齐。"到目前为止是这样。"

"这是个不错的业绩。我跟罗伦最近想搞点成绩,说不定升迁有望。"

"算了吧——"我说。

"不可能吗?"

"别胡扯了。你们又不是事先计划好的,只不过有人觉得有点声音,你们便上来看看。谁会为了这种案子,把勋章别在你们身上?"

"这话说得透彻。"雷说,"你怎么想,罗伦?"

"这个嘛——"罗伦又开始玩警棍,他的牙齿轻轻咬住下嘴唇,若有所思。警棍上满是刮痕,陈旧不堪,和他那一身鲜亮的衣着很不协调。我觉得这棍子一定常常掉在地上,才会磨损成那个样子,而且是掉在比中国地毯更粗糙的表面上。

"你有多少收获,伯尼?"

讨价还价是没用的。我刚赚了一大笔,一千美元,而且全都在身上。裤子左后口袋里的十张一百美元钞票,是今晚行动的预付款。如果把钱给我的警察朋友,那就是不赚不赔,最多就是白花了出租车费和两个小时而已。倒霉的是我那位眼神闪烁的朋友,一千美元算是打水漂了。

"一千美元。"我说。

我盯着雷·基希曼的脸。他想要再多一点,但好像相信我已经和盘托出了。更何况事实就是事实,这笔钱只要分成两份,无论如何也是很不错的外快了。

"是很不错。"他承认道,"在你身上吗?"

我把钱掏出来交给他。他把钱摊成扇形,用眼睛点了点,尽量不做得太明显。

"你没拿这里的东西吧?伯尼,如果我们汇报说这里没人,然后屋主又报案说有东西不见了,我们就会很难堪。"

我耸了耸肩。"你可以说在你们赶到之前,我就已经不见了。"我说,"不过不用那么麻烦,雷,我没找到什么可偷的。我刚到这里,除了这张桌子什么也没碰过。"

"我们可以搜他啊。"罗伦建议道。我和雷都瞪了他一眼,目光冷峻,他的脸一下子红了。"这只是一种可能性嘛。"他说。

我问他是什么星座的。

"处女座。"他说。

"应该和金牛座相处得不错啊。"

"两个都是土象星座,"他说,"都很稳定。"

"应该是这样。"

"你对星座也有兴趣?"

"一般而已。"

"谈起星座,我想我们应该可以聊很久,雷是射手座的。"

"哦,好了。"雷又看了一眼钞票,微微耸了耸肩,很快地把钞票折好,替它们在口袋里找到一个舒适的家。罗伦瞧着他,眼神不无疑惑,他知道他也会有一份,但总是——

雷开始咬指甲了。"你是从哪里混进来的?逃生梯?"

"前门。"

"从前门大摇大摆地进来?这些门卫还真能干。"

"这幢公寓很大。"

"也没有那么大吧。不过,你看起来的确有模有样的,干净整洁,还有那身衣服,确实像个东区人。"我住在西区,平时都穿牛仔裤。"我想你还提着公文包吧?"

"没有。"我指了指我的购物袋,"只有这个。"

"比公文包还好。你就拿着购物袋再从前门出去吧。等一等,"他的眉头皱起来了,"我们先走,我更喜欢这样,否则很难解释为什么我们两在这里折腾了那么久,啰里啰唆的。不过,你别在我们走了之后又偷鸡摸狗。"

"这里有什么好拿的?"我说。

"我要你亲口承诺。"

我强忍笑意,严肃地说:"我保证。"

"你过三分钟再走,不要再回头,也别在附近闲晃,伯尼。"

"不会的。"

"那好。"雷说着转身往门口走去,但是罗伦·克莱默却说他要去上厕所。"天哪!"雷说。

罗伦说:"伯尼,你知道厕所在哪儿吗?"

"这下被你问住了。"我说,"还真不知道。"

"啊?"

"我没离开过这张桌子。"我说,"我想厕所应该在后面吧。"

罗伦到后面找厕所去了,雷站在原地不住地摇头。我问他跟罗伦搭档多长时间了,他说:"太久了。"

"我明白你的意思。"

"他不是个坏孩子,伯尼。"

"就是好像好得过头了。"

"只是真他妈的笨啊,一天到晚扯什么星座,差点没逼得我撞墙。算星座能算出个什么名堂?"

"也许吧。"

"就算很准又怎么样?谁管他太太是不是金牛座的,只要知道她是个美女不就够了?可是罗伦就是会把你问到没话说,就跟你刚才说'你问住我了'一样,这白痴就是有这种本事。"

"我也有这种感觉。"

"他倒有个好处——很讲道理。脑筋还算清楚。起初他们把这个古板的家伙分给我做搭档,害得我什么事都不能做。你知道吗，他连喝咖啡都自己付钱，不过还好，人家把钱放在他手里时，他至少知道把手掌合起来。"

"这就谢天谢地了。"

"我也是这么想的。算了，至少他很在意油水，不过他一拿回家，我猜他太太就把它花了。你觉得金牛座是不是就是这种个性？"

"这得问罗伦。"

"他可能会告诉我。你得忍受听一大堆的蠢事来交换那一点点理性，这就是我对他的批评。他总算没被那根警棍折腾死，一天到晚从皮带上掉下来，落在地上。伯尼，把你的手套脱掉。"

"啊？"

"橡胶手套。你总不想戴着那玩意儿上街吧？"

"哦。"我说着连忙把手套摘掉。在公寓的深处，罗伦咳了一声，好像又掉了什么东西。我把手套塞进衣服口袋里。

"都是做你们这一行的工具。"雷说，"天哪，我老是跟行家打交道，像你这样的家伙。今天晚上遇到你，好像是命中注定的。如果我叫门卫一块儿进来，这事就压不下来了，这样钱虽然赚不到，但至少我遇到的还是行家。"

某个地方传来厕所冲水的声音。我强忍住冲动，没看手上的表。

"你应该觉得很安心，"他还在说，"知道我的意思吧？

比如今天晚上,我们从大门走进来的,当时并不知道门后面是什么。"

"我知道你的感觉。"我肯定地说,同时眼睛在搜寻我的购物袋。我的眼神跟雷的目光一撞,不由得朝他那个方向看去。罗伦在远处出现,嘴巴张得像荷兰隧道①一样大,脸色苍白得好像戴了手术面罩。

"在……"他说,"在……在……在卧室里!"然后他一口气说出一长串话,"我从厕所出来,走错路了,进了卧室,里面有个人,死了,头被打破了,到处都是血。血是温的,尸体也是温的,太可怕了。天哪,我就知道不能相信双子座的人,他们总是说谎。哦,我的天哪——"

他"砰"地一声摔在地上,这次倒霉的是那块布哈拉地毯。

雷和我互相看着。

刚才还谈到了行家。忽然,我们俩都慌了神。他站在那里一脸阴沉,没拔枪,没来抓我,动也没动。大家都说警察没用,现在他就是那副德行。而我却变得像没头苍蝇一样,性情大变。一时之间,我们俩都预料到了蕴藏在我体内的爆发力。

我突然袭击了他。雷一脸错愕,惊讶得无法做出任何反应。我狠狠地把他撞倒在地,没时间回头看他究竟倒在

---

① 荷兰隧道(Holland Tunnel),纽约市哈得孙河中的双向隧道,因解决了长隧道的通风问题而成为著名的工程。

了什么位置,夺门便跑。我用力带上门,向右冲进楼梯间,连跑带跳地下了两层,冲进大厅,速度惊人,奋不顾身,简直将生死置之度外。

门卫依旧亲切有礼,替我开了大门。"我圣诞节的时候再找你算账!"我叫道,但并没有停步,也没等他做出任何回应。

3

幸好人行道上没什么人,否则我肯定会跟什么人撞个满怀。我用跑垒的速度一口气冲到街角,左转上了第二大道。这时我冷静了一点,急促的喘气把让人濒临崩溃的恐惧带走了。我放慢脚步,但行进的速度还是很快。就算在纽约,如果你在街上跑,照样会有人瞪着你看。他们也不会怎样,但只要有人看我,我就会觉得紧张。

我快步走过一排房子,伸手招了一辆向南开的出租车。我说了我家的地址,司机转了几个弯,转向北驶去,但这时我又改变主意了。我住的地方在西端大道和七十一街之间,居高临下,天气晴朗的时候——最近常常有这种天气——还可以看到世贸中心和新泽西的部分区域(当然也不是每次都能看到)。我那地方有点超然出世,远离尘嚣,是个完美的避风港,而我今天的遭遇起伏跌宕,于是顺口就把自己家的地址说了出来。

这也是雷·基希曼和其他警察首先会搜查的地方,他们只要看看电话簿就可以轻松找到我家。

我强迫自己坐下,下意识地拍拍左胸口袋,想找我几年前就已经戒掉的香烟。如果住在东六十七街的公寓里,我完全可以坐在绿皮沙发里,把烟斗里的烟渣敲进那个玻璃烟灰缸。但事已至此……

放松,伯纳德,快想!

有几件事得好好琢磨一下。比如,到底是谁愿意花一千美元,设计这样一个杀人陷阱,等着我往下跳?那个身材长得像梨子的人为什么又选中我来演这个白痴?但其实我还没心思想那么深远的事情。我碰上了一个机会——一个警察被吓得魂不附体,另外一个被我迅雷不及掩耳的突袭撞得晕头转向。就是这个机会让我能先发制人,但那其实也只是几分钟的时间而已,很可能我还没感觉到就消失了。

我得找个地方藏起来,先安顿下来再说。我把紧追不舍的两只猎犬甩掉了,现在更应该深藏不露,免得他们又嗅到我的气味——顺便说一下,我满脑子都是猎狐狸的术语,这可不是什么好迹象。

我不再胡思乱想,试着集中精神。我的公寓是不可能回去了,一个小时之内,那里便会挤满警察。我要找一个地方,一个可以安心落脚的地方,一个有四面墙、上有天花板、下有地板,而且相互连接得很牢靠的地方。那应该是一个和我没有牵连的地方,没有人会上那里去找我。最好是在纽约,因为我一旦离开家,就只有厕身于这个都市中才能安下心来。

朋友的公寓。

出租车继续向北驶去。我在心里逐个列出我的朋友和熟人,没有任何一个是可以让我打扰的——我究竟能够打扰谁?这不重要。你知道了吧,现在的问题是我不想再跟狐朋狗友厮混。出狱之后——我希望尽可能地待在牢外,时间越长越好——我再没有联络过那些闯空门、街头抢劫、行骗或小偷小摸的人。如果你被关在牢里,交朋友当然没有什么可挑的;出狱之后,我的朋友虽然不一定都很诚实,但也没有重罪犯。和我来往的人最多是从雇主那里顺手牵羊、虚报点收入、从焚化炉里拿两张停车券。有几个夸张一点,不涉入玩火自焚的险境是不肯罢手的。但他们都不是罪犯,而且对他们来说,我也不是。

如果你们知道我没有什么特别亲近的朋友,应该也不会觉得太意外吧。没有人知道我的底细,也没有人和我特别亲密。我会跟人下棋,也有几个玩扑克的牌友,还和几个年轻人一块儿打球和拳击。我有几个会陪我吃晚饭、看戏、听音乐会的女性朋友,也有几个不时跟我同床共枕的亲密伴侣。但是在我的生命中,已经很久没有一个我可以称之为"朋友"的男人了,而我跟女性交往也很随性,没有固定的伴侣。我想,现代人之间的疏离,再加上窃贼的独来独往,使我变得更加孤独。

我以前没有真正懊悔过，只是偶尔会有大家经历过的那种凄凉夜晚：你不想一个人待着，又没有一个可以在凌晨三点打电话给他的知音。简单说吧，我在这地球上找不到一个收留我的人。就算有，也不见得安全，如果我有个很亲近的朋友或女朋友的话，只要我一进门，警察在两小时之内就会循线而至。

问题是……

"要不要转弯？"

司机的这句话把我拉回现实中。他把车停在路边，扭过头来隔着一块树脂玻璃——免得乘客一看到车费数目，就想要杀他——斜睨着我。"西端大道和七十一街交叉口。"他说，"你是要我停在这一头，还是另外一头？"我眨了眨眼，把大衣领子翻起来，头缩进去，像一只受惊的乌龟。"先生，"他很有耐心地问道，"要我再掉头吗？"

"当然可以。"

"这是说要掉头吗？"

"是的。"

他等车少一点，来了个经典的违章 U 形掉头，漂亮地在我的公寓前停下来。也许我该进去，收拾两件衣服，拿上点钱，但说不定在这千钧一发之际……

不行。

司机的手已经在拨转计费器了。"等等，"我说，"现在回城里去。"

他的手僵在计费器的旁边,像一只傍在花丛边的蜂鸟。然后他倏地收回手,转过头来,一脸怒气:"开回城里?"

"没错。"

"你又不喜欢这个地方了?"

"它已不再是我记忆里的模样。"

他的眼神变得警觉起来,这是纽约人碰上疯子时的典型反应。"我想也是。"

"物事全非。"我有点突兀地说,"完全变了个样子。"

"天哪。"他说,车在前进,开起来显然轻松了很多,"我跟你说,这跟本算不了什么。你真该看看我住的那片,在布朗克斯。不知道你对布朗克斯区熟不熟,说到那附近的社区没落……"

他真的谈起了社区没落,沿着曼哈顿的西缘开着,路上一直在不停地说。幸运的是,他说的话全在我的意料之中,我根本不用听,完全可以把心思放在别处,只要在适当的时候哼哼哈哈地应付两句就行了。

我在脑中继续搜寻我的朋友——被我杀得一败涂地的棋友,常常在牌桌上修理我的老千,运动迷,酒友,最近有一搭没一搭约会的几个女人。

罗德尼·哈特。

罗德尼·哈特!

这个名字像飞球进入右场一样跃入我的脑海。他是一个高个子，很瘦，眉骨很高，眉毛很浓，长鼻子，手上的牌只要超过两个对子，瞳孔就会发光。一年半以前，我在一个扑克牌局上认识了他，此后，除了在牌桌上之外，我只遇到过他两次。第一次是在酒吧，我们聊了几句，喝了两杯啤酒。第二次是在外百老汇的剧院，当时他是剧里的第二主角，我跟一个我拼命追求的女朋友一起到后台看他。（这招没用。）

罗德尼·哈特。棒极了！

你或许会觉得奇怪，这个罗德尼·哈特有什么好呢？首先，他一个人住；更重要的是，他人不在纽约，而且两个月之内不会回来。好像是一星期前吧，我们在扑克牌桌上遇到。他说接下来我们可别想赚他的钱了，因为有个巡回剧团和他签了约，请他在《两盏是水路》中饰演一个角色。他们要从南到北、由东到西，踏遍美国的穷乡僻壤，散播百老汇的理念。下面的消息更要紧，他说他不会把房间转租给别人。"不值得，"他说，"这地方我租了很久，也就九十美元一个月，便宜得要命。房东明明可以涨价的，他也不涨。他就是喜欢把房间租给演戏的人，你信不信？大概是喜欢戏剧工作者那股狂放的劲头吧。一个月才九十美元，我可不想为了这么点钱让哪个浑蛋坐我的马桶，睡我的床。"

哈！

他万万没料到，坐在他的马桶上、睡在他床上的不是别人，正是伯纳德·罗登巴尔，而且我连九十美元都不会付。

可他住在哪儿呢？

我只知道他住在格林尼治村附近。我坐在出租车里拼命想，也只想出了这一点信息。但我言行举止异常，司机可能已经记住我了，明后天的报纸上说不定就会有我的照片，而这也将是司机在他惨淡的生命中第一次进行逻辑推理。

"就在这里停车。"我说。

"这里？"

我们现在在第七大道，距离谢里丹广场两条街。"请在这里停车！"我说。

"你是老板。"他用最客气的态度和语气说了这句极具侮辱性的话。我掏出皮夹，付了车钱，还要加上与他那句侮辱相符的小费——这是故意的，我还在为付给雷和罗伦那一千美元心疼。如果有这笔钱在手上，我的机动性就会强得多。不管怎么说，这都是我这辈子最赔钱的买卖。付了车费，我数了数身上所有的钱，只剩下七十美元跟一些零头。罗德尼不太可能在他的房间里放很多钱吧。

而且，他的公寓到底在哪里呢？

我在电话亭里找到了问题的答案。我一边翻电话簿，一边庆幸罗德尼是个演员。除了演员之外，好像其他行业的人都不喜欢登记电话号码，但演员是另外一种动物，他们夸张的时候还会把电话号码写在厕所的墙上呢,而我真的在公厕的墙上看到过几个人的电话号码。罗德尼真的登记了电话号码。罗德尼这个名字很普通,幸好哈特这个姓氏很罕见。谢天谢地,在这里,西村曲曲折折的深处——贝休恩街。那条街很僻静,离闹市区也比较远,观光客再怎样也不会溜达到那里去。还有比这更安全的地方吗?

电话簿上只有他的电话号码和住址。但是,既然查了电话簿,就应该有后续动作,我投了一毛钱,开始拨号。这是闯空门前必要的安全措施。电话响了七声,我想应该够了,不过还是任它继续响着。相中了目标,我会强迫自己让电话响到十二声。可是这部电话还没响到七声,就有人把它接起来了,一瞬间,我差点没吐了出来。

"七四一九。"是一个温柔的女声。我吞了口唾沫,冷静下来。演员登记了电话号码,当然也会请人代接电话,这女孩就是服务员,她说的四个数字是电话号码的最后四位。我清了清嗓子,问她罗德尼什么时候回来。声音柔顺悦耳的女服务员很有礼貌地跟我说起码在三个半月后,罗德尼此刻在圣路易斯,如果我有需要,她可以把旅馆的电话号码给我。我说不必了,抑制住了自己想要留一条可笑信息的幼稚冲动,然后把电话挂了。

我花了点工夫,终于找到了贝休恩街,向西走不远就看到了罗德尼的公寓。这里距离华盛顿街约有半条街,左右的房舍一半是褐砂石公寓,一半是仓库。我要潜入的公寓就是褐砂石建成的，要不是门口有生锈的门牌，还真会跟左邻右舍搞混。我在街上站了一会儿，确定没人注意我才溜进前廊。墙上是一排排的电铃，我想看看还有没有别的大明星住在这里，可是海伦·海丝[①]跟伦特[②]的姓氏都不在其中。罗德尼·哈特的名字倒是端端正正地印在5R的上面。这幢建筑有五层，每层两户，5R看起来应该是最高一层的后面那户。深居简出，这算是最安全的了。

老习惯就是改不过来，我按了好一会儿门铃，以防里面有人会把我轰走。幸好没人。我突然有一种随意去按其他门铃的冲动。工作的时候，我就是这么做的。只要大门锁得好好的，里面的人会用对讲机跟你聊几句；如果他真的跑到楼下来看看你是谁，你只需要露出歉意的微笑，跟他说你忘了拿钥匙。工作中就是有这种迷人的挑战。但是罗德尼住在顶楼，换句话说，我必须经过其他楼层，而注意到我的人也可能会注意到我的照片出现在报纸上。我是要躲藏在这里，就算不是一辈子不出去，也会挨上好一阵……

好像不值得冒这个险——虽说风险不大，但也不值得。更何况，我只需要十五秒就能把门打开。这道锁根本不管用，风大一点，说不定都能把它吹开。

[①]海伦·海丝（Helen Hayes, 1900—1993），美国二十世纪最爱喜爱的演员之一，代表作有《维多利亚女王》等。
[②]伦特（Alfred Lunt, 1892—1977），美国舞台剧导演及演员。

我爬了四层楼梯来到顶楼，深吸一口气，让自己的心跳恢复正常，然后站在 5R 的门前，侧耳倾听。隔着走廊是五楼的另外一户公寓，从门缝里看不到灯光。我敲敲罗德尼的门，等了一会儿，再敲，接着便拿出了我的工具。

罗德尼在前门装了三道锁。先前有个外行人用凿子或起子挖过门框想开锁，但似乎无功而返。这三道锁分别是昂贵的麦迪可牌圆筒锁、西格尔警察锁——附带了一个可以从门里面扣起来的铁杆楔子——和一个没什么用的便宜玩意儿。我先解决第三道，然后再开西格尔警察锁。这种锁有很好的安全防护措施，可以防止歹徒破门而入，但我有工具在手，没过多久就把它给解决了。倒钩跳开，而里面可以反锁的铁棍并没有推出来。现在只剩那道麦迪可牌圆筒锁了。

广告说麦迪可牌圆筒锁百分之百防盗，这未免夸张，天底下没有开不了的锁。不过，这宣传也不算太过分。开这种锁时你得同时做两件事。如果你是一个解码高手，而有人给了你一组用塞尔维亚克罗埃西亚语编成的密码，并且这种文字你不认识，那么想要破解的话，就得同时学会塞尔维亚克罗埃西亚语和如何解码。开麦迪可牌圆筒锁就差不多是这个道理，我也只能这么解释给你听。

这种锁很滑，我试了好几次。其间我听到开门的声音，不禁全身一紧，但发现声音来自楼下，就轻松下来……至少轻松了一点。再试，不断地旋转试探。行了，锁传出了"芝麻开门"般的信息。我开门进去，把三道锁全部锁上，就像是看店的老妇人。

进门的第一件事便是四下查看，确定除了我这具皮囊之外，没有别的躯体。这件事倒不难。里面只有一个大房间，用书架隔成了卧室和客厅。厨房很小，让你根本不想进去；厕所更小，让你更不想进去，灯一打开，蟑螂就四处逃窜。我关掉灯，回到客厅去坐着。

这地方真像个家。家具很破旧，可能是二手货，但还算舒适。屋里颇有绿意，有棕榈植物、黄檗和一些我说不出名字的绿色盆栽。墙上挂的不是鲍嘉[①]和切·格瓦拉之类的通俗海报，而是从艺廊找回来的预告海报。我只认识米罗[②]和夏加尔[③]画展的海报，其他对我来说就和那些绿色植物一样。不过总的来说，罗德尼算是相当有品位的演员。

地上铺的栗色地毯破破烂烂，现存的面积约有十二平方英尺，一边的绲边已经散了，另外一边则根本没有。地毯上的各色图案上全是抽出来的线头，总之很寒碜。我

[①] 鲍嘉（Humphrey Bogart，1899—1957），美国著名硬汉派影星，代表作有《卡萨布兰卡》、《马耳他之鹰》等。
[②] 米罗（Joan Miro，1893—1983），西班牙超现实主义画家和雕塑家。
[③] 夏加尔（Marc Chagall，1887—1985），俄罗斯出生的油画家、版画家和设计师。

想,下一次我会把那块沾了血的布哈拉地毯带来,可能还好些。

我突然一震。

那块布哈拉地毯上并没有血迹。罗伦在上面发疯的那块地毯上没有血,而是我没见过的、卧室里的那块地毯上才有血。是的,有血迹。

是谁杀了卧室里的那个人呢?说到这里,卧室里的人到底是谁呢?真的是J.弗朗西斯·弗兰克斯福德吗?根据我得到的信息,他在八点半离开公寓之后,最早也要十二点才会回来。但是,如果有人就是要把我骗到现场,再把杀人凶手的标签往我身上贴,那么这信息就没多大意义。

一个人。死了。在卧室里。有人打烂了他的头,警察发现他的时候,体温犹存。

真是太巧了。

如果我小心一点,在动手之前先在公寓里转一圈,那就会是一个完全不同的故事。只要稍稍四处打量一下,我就会发现死者,肯定会溜之大吉。基希曼和克莱默这对搭档赶到时,我早就回到我那钢铁和玻璃搭成的顶楼房间里,啜饮着威士忌,对着世贸中心微笑了。可如今,我却成为司法追捕令上的逃犯,莫名其妙地谋杀了一个连见都没见过的人。我小心翼翼地溜进了别人家,却又因为心不在焉、莽撞行事,最终不得不采取暴力手段落荒而逃。就算曾经能够说服别人相信我从没杀过比蟑螂和蚊子更高级的生物,那么现在,这一丝机会也烟消云散了。

我在房间里踱步,然后打开柜子找酒,却一无所获。我又回到客厅,试试所有的椅子,看哪一把最舒服。结果证明我第一次坐的那把最好。我又坐回去,伸了个懒腰。

我开始回想那个让我卷入这场麻烦的臃肿男人。他的确有点蹊跷。

4

他身材壮实,体形有点像一个鼓胀的保龄球瓶。不过也不是那种连腰都没有的令人吃惊的肥胖,他至少还能摸得到肚子的前缘,只是皮带的位置恐怕得找上好半天。

他的脸很圆,下巴上的肉很厚,五官则全部陷在肉堆里。他那双眼睛倒是突出得很,很大,很警觉。他盯着我看的时候,总是让我想起好时巧克力——当然是去掉包装的,就是那种深褐色。他的头发是黑色的直发,发际一直往后退,已经到了脑门中央。我想他有五十岁了。做贼也不错,至少我不用在觥筹交错之间靠猜人的年龄和体重过日子。

一个星期四的晚上,我在一个名叫"酒池"——我想取这名字的人一定很得意——的地方遇到了他。这个"池"[①]

[①] "酒池"的原文是 The Watering Whole,与 Watering Hole 同音。Watering Hole 是动物喝水的池子或者酒吧的意思。把 Hole 换成 Whole 更有一片汪洋、酒池肉林的感觉。Whole 跟下文用的 parts 是对比,所以他说里面什么杂碎都有。

却没什么整体感,里面各种杂碎都有,前不着村后不着店地坐落在第二大道上,如果你不是这家店的股东或是要去检查它的登记证,实在没有理由到这里来。可我就是有理由去那里。那晚可以亲近的女性耀眼诱人得像救生船上的菜单。我喝光杯里的酒,正想行动,突然有人在我的耳边轻轻叫我的名字。

这声音好像在哪里听过。我转过身,眼前就出现了那个刚才我描述过的人。我们俩的眼神从没对准过。我的第一个念头是:不,他不是警察,我很有把握。这下我就比较放心了。第二个念头是他的脸和他的声音一样,似曾相识。第三个念头是:我不认识他。我好像还想到了别的什么事,不过现在记不起来了。

"我想跟你谈件事,"他说,"你应该会感兴趣。"

"就在这里说吧。"我说,"我认识你吗?"

"不认识。"他说,"我想我们可以在这里谈,这里人不多,是不是?周末的生意更好吧。"

"通常是。"我说。这里就是这种地方。"你常来吗?"

"第一次。"

"这可有意思了。我也不常来,一个月最多一两次,可我们却在这儿碰上了。而且你好像认识我,我却不认识你。我看你是有点面善,不过——"

"我跟踪你——"

"你说什么?"

"我是可以在你家附近和你谈,你经常在七十一街的几家酒吧徘徊。但我想你在那里一定有很多熟人,明白我的意思吧?于是我就问自己,为什么要糟蹋别人家门口的地方呢?"

"哦。"我说,好像我已经明白了他的意思似的。

其实我根本不明白。不是说不明白他的话,而是他这样吞吞吐吐、欲言又止,我不明白他到底想要干什么。酒保出现在我们面前,我的新朋友要了一杯满满的威士忌加苏打。酒端来了,酒保又在我的杯子里加了酒,我这才知道他的来意。

"我想请你替我拿点东西。"他说。

"不明白。"

"我知道你是干什么的,罗登巴尔。"

"看来是这样。至少你知道我的名字,可是我不知道你贵姓——"

"我知道你是干哪行的。虽然不是成天行窃,可你的的确确是个贼,罗登巴尔。"

我回头看了看,有点紧张。他的声音不高,有点像是在讲悄悄话。酒吧里倒是很吵,我回头是想看看有没有人注意,幸好没有。

我说:"我不知道你在说什么。"

"我说你就别讲废话了。"

"哦,"我啜了一口酒,"好吧,我这就住嘴。"

"我想请你帮我偷一点东西。这东西在一间公寓里，我告诉你该什么时候溜进去。这幢建筑有安全防护，不过实际上只是二十四小时有门卫而已，没有防盗系统，也没有别的。只有门卫。"

"那倒简单。"我想也没想就脱口而出，但马上意识到不妙，"你好像很了解我。"

"比如我知道你是干哪行的？"

"诸如此类的事情。那你也该知道我工作的时候，一向是独来独往。"

"我又没说要跟你一起去。"

"我要做什么也是自己决定。"

他的眉头皱了起来："我特别挑了桩容易的差事给你，罗登巴尔。你替我做一小时的事情，我给你五千美元，这种时薪应该不算差了。"

"是不算差。"

"你如果一个星期做四十个小时，算算看可以赚多少。"

"那就是二十万。"我算得很快。

"你说是就是吧。"

"就是这么多，没错。一年呢？一年就是一亿美元进账。其中包括暑假休息两个星期。"

"是吗？"

"要不就暑假休一个星期，寒假休一个星期，这样安排更理想；或者春天和秋天的时候度假，因为淡季的费用要低些。如果我一年能赚上一亿的话，有没有储蓄都不要紧了。有钱，就花个痛快吧。坐飞机就坐头等舱，出门就是出租车。要买蒙大维葡萄酒，整箱买，省得一瓶瓶地买费事。整箱买可以省百分之十，不过这样也省不下钱，因为你觉得便宜，就会喝得更多。当然，我会承受更多的压力，不过没关系，反正我可以休两个星期的假——"

"好笑——"他说。

"我只是紧张。"

"行吧。你能不能先把嘴闭上一分钟？我想请你帮个忙。我想要个东西，而你也不用费什么力气，条件很好啊，你不觉得吗？"

"那得看你要我偷什么东西。如果是价值二十五万的钻石项链，给五千美元就有点小儿科了。"

他的脸转过来，抽动了一下，我想是微笑吧，但对气氛没什么帮助。"绝不是什么钻石项链。"他说。

"好。"

"我要你拿的东西，对我来说值五千美元，但在别人眼里，一文不值。"

"那是什么东西？"

"盒子。"他跟我说了盒子的样子，这部分我前面已经告诉过你们了，"我会告诉你公寓在哪里，盒子放在哪里，这事跟你在街上拿一盒糖有什么区别？"

"我从来不在街头买糖。"

"啊？"

"不干净。"

他挥了挥肥胖的手,不想再搭理我。"你知道我的意思,"他说,"不要再开玩笑了好吗?"

"你为什么不自己进去拿?"他看着我,"你知道公寓在哪里,熟悉内部陈设。你也知道你要什么东西,比我清楚得多,比我想知道的也多得多。你为什么不把五千美元留在口袋里?"

"干脆自己去偷?"

"不行吗?"

他摇了摇头。"有几件事我是不会自己做的。"他说,"我不自己割盲肠,不自己剪头发,也不自己修水管。重要的事情和只有专家才能做到的事情,我一律找专家解决。"

"我就是你所说的专家?"

"是的。你开锁很专业,至少我是这么听说的。"

"谁说的?"

他夸张地耸耸肩。"这些日子我听说了很多事情,实在记不清楚。"他说。

"我都记得。"我说。

"奇怪,"他说,"我从没记得过。我的记忆有很多漏洞,随便什么东西都可能溜过去。"他碰了碰我的手臂,

"这儿人渐渐多起来了,我们到外面去谈生意好不好?到街上走走,把话说清楚。"

我们在街上来回地走,虽然没有买糖果,但细节都说清楚了。我们谈好了条件,他希望我能把下星期之前的时间都留给他,同时保证绝对不会晚于那个时候。

他说:"我会跟你联络的,罗登巴尔。下次见面的时候,我会给你地址、动手的时间和其他的信息,还会给你一千美元订金。"

"不能现在就给我吗?"

"我没带在身上,晚上带那么多钱在街上乱跑不太好,到处都是沿路打劫的坏蛋。"

"这一带是不太平安。"

"简直就是丛林。"

"你可以先把地址告诉我,"我建议道,"再把那家伙的名字给我。我进去的时候他虽然不会在家,但我想应该先去查探一下。"

"你会有足够的时间的。"

"我只是想——"

"行了,反正我现在也不记得名字和地址,我不是跟你说过我的记忆力不太好吗?"

"你说过吗?"

"我明明记得我跟你说过。"

我耸了耸肩。"可能我刚才有点走神。"

* * *

我那天晚上花了不少时间琢磨到底为什么要答应接下这项工作。我想有两个原因。第一当然是钱。有五千美元入账,再加上有预定好的计划,日子便安稳得多,总比从零开始自己制定计划,还要跟销赃贩讨价还价好点吧。

除了钱,还有别的理由。可能是因为那个梨子体形的朋友提醒我说,错过这个机会很可惜。虽然拒绝他也没什么,不过我觉得这样做似乎不太好。

还有就是好奇心吧。他到底是谁?我明明不认识他,为什么看起来这么面熟?更重要的是,他怎么会知道我?他到底想做什么?如果他也是个同行,因此认识了我这个行家,那我们为什么还像求偶的热带鸟一样相互追逐?我当然不可能一下子就把所有的问题搞清楚,但只要我能把事情看清楚,这些疑问自然会迎刃而解,反正我手头也没有什么非做不可的工作,反正我的银行存款也不是永远用不完,反正……

在第七十四和第七十五街之间的阿姆斯特丹大道上,有一家我一个月会去一两次的土耳其小饭馆。老板是个土耳其人,留着让人望而生畏的胡子,菜是地道的土耳其风味,希望这么说不会吓着你。和我的新朋友面谈过两天之后,我坐在小饭馆的柜台前,两三口就把风味特殊的扁豆汤喝完了。正在等我点的葡叶卷[①]的时候,我的眼光瞄向

[①]一种土耳其食品,用葡萄叶包裹米、核桃和葡萄干制成。

了墙上玻璃柜里的海泡石烟斗。留胡子的老板每年春天都会回故乡，带回来一大包烟斗，他说这批烟斗的品质绝对比登喜路的好。我不抽烟斗，也不想试，但我每次在这里吃饭时都会看看那些烟斗，心里想着我有没有抽烟斗的朋友，可以买一支送给他。但我从来没有想到过谁。

"我有个老朋友，就是习惯抽这种海泡石烟斗，"一个熟悉的声音在我的耳边响起，"而且他只用自己的烟斗，一天要抽五六次，抽了好多年。那支烟斗被熏得乌黑，像扑克牌的黑桃一样。他有一副抽烟斗专用的手套，可是只戴一只，戴在他拿烟斗的那只手上。他每天都坐在同一把椅子上抽烟斗，慢慢地，很悠闲。不抽的时候，他会把烟斗很仔细地收进有蓝丝绒镶边的盒子里。"

"你还真是神出鬼没。"

"有一天，烟斗坏了。"他继续说，"我不知道他是摔在了地上、放下时手太重，还是烟斗的大限已到，反正就是坏了。你知道我的记性。"

"有很多漏洞。"

"比这还糟糕。好笑的是这家伙再也没有买烟斗。海泡石、石南根，什么材质的他都不要，不抽了，就好像他从没有过这个习惯似的。我每次提到这件事都觉得他是相信那支烟斗会永远陪着他，但他还是知道了这世上好事不长。想明白了这一点，他就再也不抽烟了，说不抽就不抽了。"

"跟我讲这个故事应该有别的原因吧?"

"没有任何原因。看到那边的烟斗就想到了这个故事。我不想打扰你吃饭,罗登巴尔。"

"你可能已经打扰我了。"

"那我到街角去擦皮鞋好了。你不会吃太久吧?"

"不会。"

他离开了。我吃着葡叶卷。本来不想吃甜点的,但转念一想,管他呢,于是又点了一份甜得发腻的果仁千层酥,喝了一杯漆黑如墨的土耳其咖啡。我本来还想叫一杯的,但如果喝下去,我接下来四天大概都别想睡觉了,只得作罢。我把钱付给了胡子老板,走到街角的擦鞋摊。

我的朋友把所有我该知道的事都跟我说了。J. 弗朗西斯·弗兰克斯福德是谁、蓝盒子是什么样子,他都交代得很明白。他讲了一大堆我根本不用知道的细节,而我问的重要问题他却一个也没有回答。

我问他叫什么名字。他的眼神滑到我的前额,一副失望的神情。

"我可以跟你说个名字。"他说,"但听了之后,你又能多知道什么呢?我不太可能跟你说我的真名,对不对?"

"是不太可能。"

"为什么要把我们之间的关系弄得那么复杂?你只要知道什么时候、在哪里可以拿到那个盒子就行了。我已经跟你说得很清楚了:你在哪里把盒子给我,然后我就给你剩下的四千美元。"

"你说一手交钱一手交货这件事得先安排好？我还以为我可以自顾自地去干活，等哪天你在我吃午饭的小馆子突然现身，或者我在洗衣服的地下室把袜子丢进烘干机的时候，叫我交货。"

他叹了一口气："你要在九点到九点半之间进入弗兰克斯福德的公寓，十一点时离开，最迟不能超过十一点半。从抽屉里把盒子拿出来用不了多少时间。你先回家，喝点东西、洗个澡、换件衣服，做什么都可以。"——还要放下我的那些行窃工具，另外收拾些当时想到的东西带在身上——"你也不用急。接下来你要做的事情，是到一个还不错的地方，离你的公寓也很近。在百老汇有家酒吧，好像是在六十四街吧，叫潘多拉，你知道吧？"

"我曾经路过。"

"很安静。到那儿去。就十二点半吧，到后面去找个包间。那里没有女招待，你在柜台点好酒后端到后面的桌上。"

"去那地方好像要穿西装。"

"那地方很隐秘、很安静，没有人会来烦你。你十二点半到，最多坐半小时。"

"然后你就会出现？"

"没错。万一我没来，你等到一点半，然后带着那个盒子回家。应该不会有意外。"

"应该不会有才对。"我表示赞同,"如果有人要抢那个盒子怎么办?"

"坐出租车啊。天哪,那种时候你敢走路吗?哦,等一等。"

我什么话也没说。

"你说我会为了四千美元暗算你吗?我为什么要这么做?"

"比付我四千美元要便宜。"

"天哪,"他说,"万一下次我还要找你怎么办?如果你不放心,就带把枪嘛。但是万一你紧张起来会崩到你自己的脚的话,就别费事了。我保证你不用担心我会背后出损招。把盒子给我,我给你四个。"

"四个?"我说。

"啊?"

"四个啊,大钞。"

"啊?"

"四个大的。"

"你到底要问什么?"

"在你嘴里钱怎么有那么多的名字?想弄清楚,没别的意思。你好像满嘴黑话。"

"我说话不得体吗,罗登巴尔?"

"没有,"我说,"真的没有。是我的问题。我想是紧张吧,我紧张就会这样。"

"对啊，"他若有所思地说，"我想也是。"

　　我现在坐在罗德尼的沙发上，看着手上的表。接近午夜了。我离开弗兰克斯福德的公寓已经好一会儿了，看来十二点半是到不了潘多拉了。一千美元的预付款已经成了回忆，剩下的四千美元怕是到不了我的手上了。一点钟的时候，我那不知名的朋友会啜上一口威士忌，纳闷我为什么会让他白等一场。

　　哦，他一定会的。

5

我不知道什么时候睡着的。午夜过后不久，一阵倦意上涌，我脱掉衣服，上了罗德尼的床。似睡非睡间，我觉得好像有人在我的身边晃来晃去。我跟自己说那是胡思乱想，但你也知道，越叫自己不要想，就越会想。我睁开眼睛，看到了床边小花盆里的一株裂叶黄檗。我都能睡在这里了，它当然更有理由站在那里。我们俩相互打量了一下。我又醒了。我的心思一直在打转，却不知道该转到哪里去。

我打开罗德尼组合音响里的收音机，把声音开得低低的，缩在椅子上听音乐，等着新闻报道。你想听音乐的时候，每十五分钟就报一次新闻，没完没了。反之亦然，警察、出租车、新闻，你想要的时候总是不在身边。

终于播新闻了。我竖起耳朵听了一大堆我没有半点兴趣的新闻，嗓音低沉的播音员根本没有提到东六十七街的强盗闯空门谋杀案，没有，一个字也没有。

我转到另外一个台,新闻刚刚播完,还得再听半小时的音乐才能等到新闻时段。有个歌星在对我说,他女朋友的声音像划过黑板的粉笔般划过他的灵魂——这真的不是我编的。这时候我觉得饿了,于是跑到厨房,打开抽屉和柜子,还向冰箱里张望了一下,里面实在够乱的。我翻箱倒柜,好不容易找到了半盒班叔叔改教米——我想他以前信佛教,现在大概是改信长老教了吧——一罐看起来很难吃的挪威芥末沙丁鱼,还有许多装着香料、酱料的瓶瓶罐罐,如果有食物的话,这些倒是可以相得益彰,但现在根本连吃的都没有。

干脆煮点米饭吧,但我往盒子里一看,才发现我不是唯一注意到这个盒子的不速之客,班叔叔已经改头换面了——里面的米全成了蟑螂屎。

我在另一个柜子里找到了一盒还没开封的意大利面。我想,如果橄榄油还没发酸的话,拌拌倒还勉强能吃,可惜油也酸了。我开始告诉自己,其实我根本不饿。我又打开另外一个柜子,却发现罗德尼·哈特是个汤迷。里面总共有六十三罐金宝[①]浓汤。我知道数目是因为我数过,而我之所以去数,是因为我想知道我在这里可以挨多久不用出去,也不会饿死。用集中营的标准来算,一天喝一罐汤,我能在这里支持两个月。这时间够长的了,我对自己

[①]金宝汤公司(Campbell Soup Company),当今美国首屈一指的罐头汤生产商。总部位于新泽西州的甘顿,产品畅销全球一百二十个国家及地区。

说，在汤还没喝完之前，我就会被警察抓住，以一级谋杀定罪，届时养我的问题就可以交给国家了。

所以，根本没什么好担心的。

我又开始走神了，其实应该把心思集中在开罐器上。罗德尼靠汤维生，没想到开罐器却原始得可怜，幸好还能用。我把浓缩的星星鸡汤①往锅里一倒——就当它很干净吧——加点水搅了搅，再加了点百里香和一匙酱油，然后坐下来，边喝边听乡村摇滚台的五分钟新闻提要。它播了一些我在爵士台就听过的新闻，又报了一大堆的气象消息，半点用也没有，因为我根本没打算出去。它完全没有提到弗朗西斯·弗兰克斯福德的死讯，更没提到是一个闯空门的贼下的手。

我把汤喝完，顺手收拾了一下厨房，之后又开始翻箱倒柜，直到我发现罗德尼藏酒的地方。里面有不少好东西，一瓶陈年的黑莓白兰地，瓶底的渣滓足有一英寸厚。别的东西也不敢恭维。然后，真不敢相信，它出现了——一瓶五分之一加仑装的威士忌，里面还有三分之二的酒。这瓶酒是在哈肯萨克装的瓶，还有一个酒店的标记，这大概不会是芝华士那种级别的。

不过贼是别无选择的。我大概在那里坐了很久，啜饮着威士忌，看着第九频道的深夜电影，每半小时——如果

---

① 指鸡汤里有星星状的通心面。

我还记得的话——就打开收音机听新闻。没提到 J. 弗朗西斯，也没提到我，虽然我的思绪飘开了一会儿，根本不知道它在播什么。

在破晓前天色最昏暗的时刻，我费了好大的劲才关掉电视，再次钻进罗德尼的被窝，那瓶酒差不多喝光了。

回过神来的时候，我隐约听到了什么东西破碎的声音，还有一个女人的娇嗔："该死！"

我忽然恢复了意识，从无梦的酣睡中醒来，神志完全清醒了。房间里多了一个人，一个女人。从声音判断，她距离我已不再沉睡的躯体似乎很近。

我静卧着不动，想恢复正常睡眠时的呼吸频率，希望她没注意到有我这么一个人，但我自己明白这不可能。她是谁？她在这里干什么？

我应该怎么脱身？

"可恶！"她又说话了，真是道破了我的心声。可这一次她不是在咒骂命运，而是对我说的。"我把你吵醒了，对不对？我已经尽量小心了，蹑手蹑脚想去给那边的植物浇水，谁知不小心踢到了一个花盆。希望没有伤害到植物。很抱歉吵醒你了。"

"没关系。"我对着枕头说话，我的脸正贴着它。

"我想我的浇水天分是派不上用场了。"她还在说，

"你会在这里待很久吗?"

"几个星期吧。"

"罗德尼没跟我说有人会来。你最近才住进来的吧?"

真烦。

"昨天晚上。"我说。

"很抱歉把你吵醒了。我去煮点咖啡。"

"这里只有汤。"

"汤?"

我懒洋洋地抬起头,瞥了她一眼。她就在床边整理着那株裂叶黄槲,把水浇在根部。黄槲看起来生机盎然,而她,好看极了。

黑色的头发剪得短短的,前额很高,五官匀称,鼻子挺而小巧,跟她秀气的下巴正好相配。嘴形完美,大小恰到好处。浅红色的耳朵,耳垂轮廓优美。我最近读了一本平装书,教你如何从一个人的耳朵判断他的性格跟健康状态,所以我才会注意到那里。如果这书写得没错,那么她的耳朵再理想不过了。

她穿着一条白色的画家工作裤,从膝盖到臀部把她包得紧紧的,很容易看出她的身材。她的上身是一件西式的厚斜纹布衬衫,有珍珠状的纽扣和印花修饰。脖子上系着一条红围巾,脚上穿的是鹿皮鞋。

唯一我觉得不好的,就是她不该出现在我的公寓里——呃,罗德尼的公寓。她不过是要替植物浇水,却使我身处险境。但我想起每天我都是一个人醒来，而如果有这样的一个人在我身边，我一定会很高兴——呃，这话说得有点一相情愿。女人、警察、出租车、新闻报道全都一样，你需要的时候都不会在身边。

"汤？"她转向我，困惑地笑了笑。她的眼睛不是蓝的就是绿的，或者两种颜色都有，她的牙齿又白又整齐，"什么汤？"

"你想得到的都有。黑豆汤、鸡汤、芦笋奶油汤、土豆汤、切达干酪汤——"

"切达干酪汤？你在开玩笑，对不对？"

"我什么时候和你开过玩笑？如果你不相信，就到柜子里去看看。如果说金宝负责做汤，那么罗德尼便负责囤积汤罐头。除了满是蟑螂屎的米之外，就只有那些汤了。"

"罗德尼不太会做家务。你认识他很久了？"

"我们是老朋友了。"一个谎话，"但过去几年，我很少见到他。"这是大实话。

"大学同学？还是伊利诺斯的老乡？"

妈的，哪所大学？伊利诺斯的什么？"大学同学。"我决定赌一赌。

"你到纽约来打算待多久？"蓝绿色的眼睛眨了眨，"待到什么时候？你不是演员，对吧？"

我说不是，但我到底是干什么的？我坐在床上，把床单拉到脖子下面，随口编了一个故事。我跟她说我家是在南达科他州做畜牧生意的，但是竞争对手用很好的价格买下了我们家的牧场，于是我一个人到纽约先来逍遥一下，再决定接下来要干什么。我故意用很憨厚的语气把故事讲得很无聊，希望她在乏味之余能想到还有别的事要做，但是，我说的每一个字她都觉得很有意思，比我还起劲。她坐在床边，手指在膝盖上画圈，眼睛睁得老大，眼神天真无邪。

"你在寻找自我。"她说，"真有意思。"

"我从来不觉得自己迷失过，只是现在懒洋洋的——"

"从某个角度来说，我也经历过这样的日子。我四年前离婚，找了个工作，却不是很喜欢，于是就辞职了，现在没工作。偶尔画画，加工珠宝，最近迷上了着色玻璃，不是大家都在做的那种，是我自己的创意，接近于三度空间、不拘形式的雕刻形态。我其实不能确定自己在这方面到底做得好不好。我的意思是说，这也许只是我的嗜好。如果真是如此，那可就讨厌了，因为我不想要什么嗜好。我要全力以赴地工作，但还没找到合适的，至少我不认为找到了。"她的睫毛朝我眨了眨，"你早餐不想喝汤，对不对？我干脆到街角买点咖啡，只要几分钟就行了，你趁这个机会可以穿好衣服，等我回来。"

我还没来得及反对她就出门了。她离开后，我起床去上厕所。我实在很不想说这个，但这是很久以来我唯一知道自己在干的事。然后我穿上昨天的衣服，坐在我最喜欢的椅子上，等着看门开之后进来的会是什么。

可能是替植物浇过水、出门买了咖啡、又回来陪南达科他州来的诚恳年轻人共进早餐的妙龄女性。

也可能是警察。

"我干脆到街角买点咖啡……"是啊。她也许认出了我这个恶名昭彰的小偷或是行窃起意的杀人犯——或是又抢又杀的坏蛋，或是她心里想象出的别的什么职业——于是就利用这个机会逃离魔掌并让司法部门来接手。

我想到逃跑，却又觉得这么想很无聊。只要她不向警察告密，窝在这套公寓里可比在街上乱窜安全得多。我的理性这样对我说，但我觉得我只是懒而已。我的血液里满是昨夜喝的廉价威士忌，头脑生锈，坐在那里比逃跑容易多了。

我可以一直想下去，可是又有什么意义呢？我用不着在这里等，看门打开之后她究竟是不是一个人回来。我听到了她踩在楼梯上的脚步声，如果是一群警察上楼梯，就绝对不是这样轻盈的脚步声。门还没打开，我的心情就轻松下来，等门真的打开，见到了她俏丽的脸，我得承认心头一阵窃喜。呃，好吧，是狂喜。

她买来了很好的咖啡，令我大感意外。她把咖啡倒进壶中，我们有一句没一句地闲聊起来。趁她不在，我编好了谎话。她说她叫露丝·海托华，我也脱口报出我的名字——罗杰·阿米蒂奇，然后我们便忘我地聊了起来，颇为投缘。

我说航空公司把我的行李弄丢了,这是先发制人,免得她怀疑我为什么没有行李。她说航空公司一天到晚尽干这种事。我们俩一致同意,能把人送上月亮的国家应该有能力控制两件行李的去向。我们各自拖了一把椅子,坐在桌子的两侧,用两个不成套、边缘坑坑疤疤的杯子喝咖啡。咖啡很好喝。

我们不停地聊着,一会儿我便完全适应了我编造的角色,没有半点尴尬。也许是环境的影响,也许是我的演戏天分被这间公寓激发出来了。罗德尼不是说过房东喜欢演员吗,也许这里住的全都是演员,也许墙根处的木材有一种特殊的魔力……

我跟罗杰·阿米蒂奇已经结合得丝丝入扣,成为了刚进城的乡下孩子,而她是我在窘境中遇到的女孩。没过多久,我就发现我的脑子一直在转,想套她的话,想知道她跟罗德尼的关系有多近,他在她的生活中扮演着什么样的角色。呃,妈的,真无聊……

想这些无聊的事情干什么?我跟她现在聊得再投缘,我们之间也不可能有将来。她一出门,我就要把心思好好整理一番。她又不笨,迟早会知道我是谁,不过等到那时,我早就远走高飞了。

这时她说:"你知道吗,我真的很小心,想料理好这些植物之后尽快出去,别吵醒你。可是我现在不这么想了,你知道吗,我很高兴把你吵醒了,我很喜欢跟你谈话。"

"我也是,露丝。"

"你这个人没什么架子。我通常很难跟人说得上话,特别是男人。"

"实在无法想象你跟人相处还会不自在。"

"你嘴巴真甜!"她的眼睛——我现在才知道,她的眼睛是会由蓝转绿的,根据她的心情和灯光射入的方向而有所变化。就和我描述的一样,那对蓝绿色的眼睛从睫毛下面怯生生地看着我。"今天很愉快,是不是?"

"是啊。"

"外面有点冷,但是天空很清朗。我想买点甜甜圈,可不知道你除了咖啡之外,是不是还想吃别的东西。"

"咖啡就行了。这咖啡很好。"

"再来一杯好吗?来,我替你倒。"

"谢谢。"

"我该怎么称呼你,伯尼还是伯纳德?"

"随便你。"

"那就叫你伯尼好了。"

"大部分的人都叫我伯尼。"我说,"哦,我的天哪!"

"没关系,伯尼。"

"我的天哪。"

她的身子靠在桌上,微微往前倾,嘴角扬起,柔软的手盖在我的手上。

"你不用担心。"她说。

"不用吗?"

"不用。我知道你没有杀人,我的直觉一向很准。如果不是很确定你是无辜的,我怎么会故意把植物踢翻?"

"你是故意把花盆踢翻的?"

"是啊,但其实只是架子而已。我早就把植物拿起来了,然后再把架子踢翻。架子撞到墙上,倒了下来。"

"你早就知道了。"

"所有的报纸上都有你的名字,伯尼。你皮夹里的驾照和所有证件上也都有你的名字。你在睡觉的时候我都看过了,很少见到睡得那么沉的人。"

"你遇到过很多睡得很沉的人吗?"

实在不敢相信,这女人竟然脸红了。"也没有很多。我刚刚说到哪儿了?"

"你翻过我的皮夹。"

"啊,对,我一眼就认出来了。今天的《纽约时报》上有你的照片,其实不怎么像。把人送进监狱前,真的会把头发剪得那么短吗?"

"从力士参孙把神庙推倒之后就是那么短。他们行事很谨慎。"

"真的很野蛮。不管怎么说,我见到你就知道弗兰克斯福德绝不是你杀的。你不会杀人。"她的眉头皱了起来,

"但你的确是个贼,对吧?"

"看起来似乎是这样。"

"应该是。你真的认识罗德尼吗?"

"也不是很熟。我们一起玩过几次扑克牌。"

"他不知道你是干什么的,对不对?那他怎么会把钥匙给你?哦,我真笨。你要钥匙干什么?我在你的裤兜里看到了钥匙和其他工具,看起来都很好用。你是不是需要特殊的工具才能把门撬开?"

"不然就得硬闯。"

"你是不会硬闯的,对不对?偷窃有一种特别的诱惑力,不是吗?你到底为什么会做这行呢?这句话好像是应该由男人问女人的。天哪,我们俩有好多话可以说,一定比罗杰·阿米蒂奇、南达科他牧场之类的屁话有意思多了。你根本就没到过南达科他州,是不是?虽然你的谎话编得着实不错。你想不想再要一点咖啡?"

"好,"我说,"好,要一点。"

6

六点二十四分,第七频道上的那几个家伙用尽了所有的词汇,强调有五个州发布了通缉令,全面捉拿变身为冷血杀手的窃贼伯纳德·罗登巴尔。我放下美味的炸鸡腿,穿过房间把罗德尼的松下牌电视关掉。露丝盘腿坐在地上,根本不理会面前的鸡腿,嘴里一直在念念有词地咒骂雷·基希曼。"那家伙真可恶,"她说,"拿了你一千美元的辛苦钱,还说你这么多的坏话。"

根据雷的说法,事情是这样的:我藏在房间暗处,出其不意地攻击了他和罗伦,幸好他胆大心细且临危不乱,在混乱中将我认了出来。"很多年以前,我就觉得罗登巴尔有可能会使用暴力。"他跟记者这么说。他的眼睛瞪得好像快要裂开了,似乎不是在看着摄像机,而是在看我。

"我让他很难堪,"我说,"让他在他的搭档面前出了丑。"

"你觉得他真的相信自己说的话吗?"

"你说我杀弗兰克斯福德的事啊？他当然相信啊。你跟我大概是全世界唯一认为我是清白的人了。"

"还有真正的凶手。"

"还有真正的凶手。"我表示赞同，"但他总不会出面澄清吧，没有人会把我的话当回事，我不可能靠这个脱身的。坦白说，我就不知道一开始你为什么会相信我。"

"你的脸看起来很老实。"

"在贼里面这张脸真的算诚恳的了。"

"而且我的直觉一向很准。"

"这我倒相信。"

"J. 弗朗西斯·弗兰克斯福德。"

"愿他安息。"

"阿门。你知道吗，名字的第一个字就是缩写，我没法相信这种人，老是觉得他们鬼鬼祟祟的。他们一定是用不健康的心态看自己，才不敢坦然面对世界。"

"你这一竿子打翻了一船人吧。"

"我倒不知道。你自己看嘛，G. 戈登·林迪，E. 霍华德·亨特——"

"这两人都跟我是同行。"

"你有中间名吗，伯尼？"

我点点头。"格林姆斯。"我说，"这是我母亲婚前的姓。"

"你会自称 B. 格林姆斯·罗登巴尔吗？"

"以前没这么叫过，以后大概也不会。"如果我这么叫自己，也不能表示我要隐瞒什么，最多说明我神经不太正常而已，"B．格林姆斯·罗登巴尔？我的天哪！很多人有名字，也没有发疯，但他们就是喜欢用中间名，所以——"

"那干脆把名字省掉不就行了？"她说，"简单直接、光明正大。偏偏要留下名字的第一个英文字母，这叫我怎么相信他？"她吐了吐舌头，"不管了，我觉得我的想法挺对的。我就是没法相信J．弗朗西斯·弗兰克斯福德。"

"我想你现在可以相信他了。人死了就表示他再也玩不出什么花样了。"

"真希望能多了解他一点，我们现在唯一知道的就是他死了。"

这还真是无可争辩的事实。"如果他没死，我们对这浑蛋也不会有什么兴趣。"

"你好像不该这么说他，伯尼。"

"是不应该。"

"对死者只能赞美。"

"对死者只能赞美，对。"

她用嘴撕下鸡腿上的最后一块肉，把吃剩的东西收拾起来，放到厨房里去。她走路的时候，我直盯着她的小屁股看，见到她弯身倒鸡骨头，我记得我咽了一口口水。

然后，她直起身子，倒了两杯咖啡。我在想已故去的弗朗西斯·弗兰克斯福德，他的名字前得加个J，名字后面是R.I.P.^①。

前一天晚上，我还在呆呆地想，不知道死的人到底是不是弗兰克斯福德。也许别的贼正在附近作案，趁弗兰克斯福德不在家的时候先我一步潜入，把他的头敲破，等我出现来背黑锅。

但谁可能杀他呢？会不会是自杀？

这不重要，反正死者是弗兰克斯福德，四十一岁的企业家、房地产商、外外百老汇剧场^②制作人，生活奢侈，标准的城市人。他结过婚，但很早就离婚了，一个人住在东区的高级公寓里，最后被人用烟灰缸砸破了脑袋。

"如果你要杀人，"露丝说，"也不会用烟灰缸嘛，是不是？"

"他喜欢很重的烟灰缸。"我告诉她，"客厅里的那个可以打死一头牛。切割玻璃做的，又大又沉。报上说凶器是一个切割玻璃烟灰缸，那就是说屋里有一对那样的烟灰缸，另外一个我见过。"我看了看《邮报》上的新闻，手指点了点他的照片，"这家伙长得还不难看。"

"你喜欢那样的人吗？"

他长相不错，额头很高，一头又浓又密的黑发，在太

---

① R.I.P. 是拉丁文 Requiescat in pace 的缩写，意思是"愿他安息"。
② 外外百老汇（off-off Broadway），也称超外百老汇，多为前卫或实验性戏剧。

阳穴附近转为棕色，留着两撇理发师得花很大功夫才修得出来的胡子。

"挺出色的。"我说。

"你说什么就是什么吧。"

"甚至还有点优雅。"

"仔细看你会觉得他有点鬼鬼祟祟，很有心机。"

"对死者唯有赞美。"

"哦，去他妈的赞美。我奶奶常说，如果你对某个人实在说不出什么好话来，那就听听别人怎么说。我很怀疑他的钱是从哪里来的，你觉得他是干哪行的？"

"报纸上不是说他是企业家吗？"

"那意思是说他很有钱，可没说他是怎么赚的钱。"

"他投资房地产。"

"那只是说明了你跟钱的某种关系，跟在外外百老汇做制作人一样。房地产可能赚钱，但是戏一定赔钱，你见过哪出戏是赚钱的？他该有个能维持生活的事业吧，我觉得他的钱来路不正。"

"你的话也许没错。"

"那报纸为什么不写？"

"没人在乎啊。大家觉得他被杀是因为他在错误的时间出现在了错误的地方。一个疯狗一样的贼凑巧挑上了他的公寓，闯了进去。弗兰克斯福德恰巧留在家里，恰巧赴了这个死亡约会。如果他死的时候穿的是女人的内衣，那还算是有新闻性,记者会想去挖掘他的生活,但他穿的是再正常不过的布克兄弟晨袍,这条新闻还有什么好追的?"

"什么地方说他穿着布克兄弟晨袍?"

"我随口说的。我不知道他的衣服在哪里买的。报纸上只说他死时穿着晨袍。《邮报》说是晨袍,《纽约时报》说是浴袍。"

"我怎么有印象他死的时候没穿衣服?"

"记者可没这么说。"我在回想罗伦有没有嘟囔说弗兰克斯福德没穿衣服之类的话,就算说过,我也不记得了。

"也许明天的《每日新闻》会说他没穿衣服,这有什么差别?"

"我看没什么差别。"

我们俩并排坐在劳森沙发上。她把报纸叠好,放在身旁。"真希望能有个可以着手的地方。"她说,"现在像是在解一个结,但绳子两端却在视线范围以外。我们现在只知道有个人死了,还有一个让你深陷其中脱不了身的人。"

"我们却不知道这个人是谁。"

"什穆[①]先生,巧克力眼睛先生。一个肩膀窄窄的、腰却很粗的家伙,眼神始终在回避谈话的另一方。"

"就是这家伙。"

"而且你好像认识他。"

[①]什穆(Shmoo),美国漫画人物,身材圆胖,能让人梦想成真。

"他的样子真的好像在哪里见过,连声音都有点耳熟。"

"但你以前没见过他。"

"没有。"

"可恶!"她握紧拳头在大腿上捶了一下,"有没有可能在监狱里见过?"

"我想没有,虽然这种推测很合乎逻辑——他由此知道我是贼。可无论我怎么想,也没法把这个人安置在我的那段记忆里。如果是坐同一班地铁或在街上擦身而过,这类情况还比较可能。"

"也许吧。"她的眉头皱了起来,"他陷害了你。就算他不是凶手,也该知道是谁杀了弗兰克斯福德。"

"我觉得他没杀过人。"

"但他知道谁是凶手。"

"可能吧。"

"现在只要找到他就行了。你不知道他的名字,但他有没有告诉你假名或绰号?"

"没有。怎么了?"

"我们可以打电话到酒吧,请人叫他啊。那家酒吧叫什么名字?我忘了。"

"潘多拉。叫他干什么?"

"我不知道。也许你可以跟他说蓝皮盒子在你手上。"

"什么蓝皮盒子?"

"就是你进去——哦。"

"根本就没有蓝皮盒子。"

"当然没有。"她说,"根本就没有什么蓝皮盒子,那只是个诱饵而已。"她皱起了眉头:"那他为什么还要安排你们在潘多拉见面?"

"我不知道。他可能根本不会去。"

"那为什么要安排呢?"

"这倒问住我了。除非他通知警察在那里抓我,不过这也不太说得通。也许他是觉得行动结束时应该安排见个面,才感觉比较像真的。"我闭上眼睛,回想当时一幕幕的情景,"有件事很好笑。我老是觉得他在虚张声势,想让我觉得他很厉害。他为什么要这样?"

"让你不敢出卖他吧,我想。"

"我为什么有这种感觉?这家伙很蹊跷。他故意装成那样是因为他其实并不厉害。不是真的厉害。他说得有模有样,言行举止却完全不是那么回事。这家伙一定是个骗子,而且是高手。"我微笑道,"他唬住我了,我实在不敢相信公寓里竟然没有蓝皮盒子。他有办法让我觉得有,还跟我说不能打开。"

"你不记得在牢里见过他,可是你觉得他曾经被警察抓过吗?"

"有可能。做这行的很难避免,不管你多高明,迟早都会出事。我跟你说过上次我是怎么被抓的,对不对?"

"门铃坏了。"

"对。我偏巧挑了个屋主在家的公寓,那家伙有枪,还有一副火爆脾气。我跟他说我们可以很理性地解决问题,还把我皮包里的钱拿出来想给他,谁知道他是民权团体的领袖。这就等于拿火腿三明治去贿赂拉比[①]。他们哪里是用书砸我?简直连图书馆都扔过来了。"

"可怜的伯尼。"她说,还把手放在我的手上。好几分钟,我们的手才彼此熟悉。我们的眼神相遇,但随即分开,滑进了各自的心思。

我想到了监狱,这不是第一次了。如果我自首,他们会以二级谋杀罪起诉我,但也有可能是过失杀人。三四年之后,我照样可以在街头厮混、找人聊天,做现在做的事。以前我没被关过那么久,但最后一次时间也够长的了,十八个月。不过如果十八个月都撑得住,四年也能熬过去。蹲监狱,不管时间长短,一定要挺直腰杆、随时应战,不过要安分守己。

当然,我现在老多了,出狱之后应该已经年近四十。但他们都说,年纪越大,时间过得越快,蹲监狱也就越容易。

里面没有女人,没有柔软微凉的手、结实动人的臀部。里面也有些男人有结实的臀部,如果你喜欢的话。我恰巧不太喜欢。

---

①拉比(rabbi),意思是犹太学者。

"伯尼,我可以去找警察。"

"去检举我?这也是有道理的,应该有赏金——"

"你在胡说什么?我为什么要出卖你?你疯了吗?"

"是有点不正常。那你为什么要去找警察?"

"他们不是有一本里面都是罪犯照片的档案吗?"

"那又怎样?"

"我可以跟他们说我被坏人挟持,他们就会拿那本档案给我看。"

"然后呢?"

"也许我能认出他来。"

"你认不出来的。"

"我觉得我可以根据你的描述,把他找出来。"

"辨识罪犯的大头照上只有脸部画面,所以那才叫大头照,你是看不到他的身体的。"

"哦。"

"所以那才叫大头照。"

"哦。"

"这办法看来行不通。"

"是不太行得通,伯尼。"

我把她的手翻过来,轻抚着她的手掌和指腹。她靠近我一点。我们就这么坐了好几分钟,正当我做好所有准备要搂住她的时候,她却倏地站了起来。

"我真希望我们能做点什么。"她说,"我们如果知道那个跟你接头的人叫什么名字,至少就有了个着眼点。"

"我们得先知道为什么有人要杀弗兰克斯福德。有人不知道出于什么原因,想要弗兰克斯福德的命。动机……我们越了解这个人,就越知道该朝哪个方向思考。"

"可警察不是——"

"警察已经知道是谁杀他了,连调查都免了。露丝,他们认定凶手就是我,这案子已经结了,现在只要抓到我就行了。要不,我们这体制怎么会这么完美呢?这世上可能只有一个人有杀弗兰克斯福德的动机,但我们永远也不会知道,因为弗兰克斯福德谋杀案已经破了,凶手就是我。"

"我明天可以到图书馆去看一下《纽约时报索引》,也许上面有线索。我可以在微缩胶卷室里找找看。"

我摇了摇头。"如果有什么好东西,他们早就挖出来登在讣闻里了。"

"也许在里面可以找到什么线索。试试总是值得的,对不对?"

"应该是吧。"

她朝一个方向走了几步,转身,又走了几步,有点像一头关在牢笼里的狮子。

"我不能坐在这里,"她说,"我会被逼疯的。"

"那你会恨监狱的。"

"天哪,里面的人怎么受得了?"

"找一天晚上,"我说,"我会带你到城里去玩,露丝,但是——"

"不行,你得留在这里。"她说,"我明白。"她拿起一份报纸,随意翻了几页,"也许电视上有什么。"她打开电视,WPIX 台在上演华纳兄弟公司出品的帮派电影。所有的坏蛋都到齐了——罗宾逊、彼得·洛、格林斯垂特,还有一群专演反派的演员,名字我都懒得记,但脸孔却永远忘不了。她坐在我身边,我们就看起这部电影来了。我终于搂住了她。在广告时段,我们抱在一起,轻轻拥吻。

最后一个坏蛋死了。在末尾播演职员表的时候,她说:"你看,坏人到头来还是赢不了,我们没什么好担心的。"

"人生,"我强调,"绝不是一部 B 级电影。"

"但也绝对不是德米尔①的电影。会有办法的,伯尼。"

"也许吧。"

十一点的新闻开始了,终于看到了我们想看的部分,但是在弗兰克斯福德遇害的新闻中,却没有后续的报道。跟几小时前相比,这条新闻反而简略了许多。在新闻报道亨特角的一起缉毒行动时,露丝站起身把电视关掉了。

"我想走了。"她说。

"走?"

"回家。"

---

①德米尔(Cecil B. DeMille, 1881—1959),美国电影导演和制片人,代表作有《十诫》、《十字军东征》、《埃及艳后》、《日落大道》等。

"在哪里?"

"班克街,离这儿不远。"

"再留一会儿吧。"我建议,"说不定还有什么好看的电视节目呢。"

"我累了,真的,我今天起得太早。"

"那么你可以……呃,睡在这里。"我说,"晚上玩个尽兴。"

"我今天不想,伯尼。"

"我也不想让你一个人回家。在这种时候、这种地方——"

"现在还不到十二点,而且这里是全城最安全的区域。"

"我真的希望有你陪伴。"我说。

她笑了。"我今天晚上真的得回家,"她说,"我想洗个澡,把这身衣服换掉——"

"然后呢?"

"我还得喂猫,可怜的小东西现在一定饿坏了。"

"它们不会自己开罐头吗?"

"不会,它们被我宠坏了。一只叫以斯帖、一只叫末底改[1],是阿比西尼亚猫。"

"你为什么给它们取了希伯来名字?"

---

[1] 这两个都是希伯来《圣经》中的人物名。

"要不然我该叫它们什么?海尔和塞拉西①吗?"

"说得也是。"

我跟着她走到门边。她一手握在门把上,转身亲了我一下。感觉真好。我真的希望她能留下。她的喉咙深处传来诱人的声音,身子靠了我一下。

我放开她。她打开门,说:"明天见,伯尼。"

说完她便走了。

---

①海尔·塞拉西(Haile Selassie,1892—1975),埃塞俄比亚国王,一九七五年死于拘禁之中。前文提到的阿比西尼亚是埃塞俄比亚的旧名。

7

　　我坐上地铁的时候,车厢里已经没什么人了。我在十四街坐上前往上城第八大道的地铁。除了我,车厢里只有一个地铁警察,屁股上挂了一把很大的左轮手枪。他不住地打量我,因为他也没别的人可以打量,但我知道他心里有些纳闷,不知道为什么我看起来那么面熟。只要他脑子里的那根弦绷起来了,马上就会跳起来抓我。

　　幸好他没想到。列车到达时报广场的时候,上来了几个乘客——两个下了班的护士和一个糊里糊涂的醉汉,那个警察总算有别的目标可以观察了。他在第五十九街下了车,在下一站我也下了车。我拾级而上,在七十二街和中央公园西边的交会处深吸了一口清晨的空气,还是不明白自己到底在干什么。

　　前一天的傍晚,我坐在罗德尼的公寓里,眼睛看着电视,身边坐着露丝,感觉真好。但是她一离开,我便觉得那地方一无是处。我坐不住,电视看不进去,不停地在屋里来回踱步，越来越烦躁。十二点刚过，我洗了个澡，想到要再穿穿过的衣服，心头就一阵发紧——你可以想象出那种感觉。我打开罗德尼的衣橱，看看里面还剩下什么。

找不到什么可穿的。不知道他是带了很多衣服上路，还是根本没有多少衣服。我找到了一件可以穿的衬衣——不过我其实不太想穿——一双浅蓝色的弹力袜，但已经完全没有弹性了。

然后，我找到了那顶假发。

假发是金黄色的，很长，但不是嬉皮士的风格。我戴上假发，对着镜子端详了好一会儿，对自己容貌上的变化很惊讶。唯一的麻烦是这顶假发颜色太亮了，会引来不少人的注意，幸好我在衣架上找到了一顶便帽，解决了这个问题。便帽缓和了金色假发的突兀，让我看起来没那么奇怪。

我觉得认识我的人还是会认出我，但不认识我的人只会见到一头金发和一顶便帽。

我对自己说，我一定是疯了。我拿掉假发和便帽，坐在电视机前。几分钟后，电话响了起来。我仔细地数着，电话一连响了二十二声，然后不知道是打电话的人放弃了，还是电话公司终于做了该做的事情，它不响了。电话在白天经常响——有一次露丝差点就接了起来——但从来没响过那么久。

* * *

我从地铁站走到我家所在的那幢建筑。我之所以坐地铁，没有坐出租车，是因为我不想跟人独处，也许我有点害怕坐上以前载过我的出租车。但我离公寓越近，就越觉得该做点别的事。这个区域人口稠密，附近的灯光很亮，我在这里又住了很多年，在这段短短的路上，我就碰到了好几个熟人。我不知道他们的名字，但不时地会在街上和他们擦身而过。所以，他们只要盯着我瞧上一会儿，就会认出我来，这个假设是很合理的。我尽可能做出和平时不同的姿势，用跟平时完全不一样的步伐节奏向前走。也许这有用吧，反正没人认出我来。

最后，我隐身在阴暗的角落，斜对角处的建筑就是我住的地方。我往上看，在第十六层向南的那一面找到了我家的窗户——我的公寓，我那窄窄的卑微的生活空间。

那里其实也没什么好的。两个小房间、一个厨房，在乏味的都市丛林中这套公寓的租金非常高，唯一吸引人的或许是它的景观。但它是我的家，见鬼，我在里面觉得很舒服。

但现在全没了。就算我能从眼前的麻烦中脱身——但我还不知道要怎样才能脱身——也不觉得我还能住在这里。因为大家都会知道那个整日笑脸迎人、住在16G的房客，究竟有着怎样的底细：他是个贼，天哪，罪犯。

我想到了每天在电梯里见面的那些人，在洗衣房里讲笑话的女人，还有门卫、大厅的服务人员，以及他们的上司和杂役。赫施太太住在大厅的另一端，整天抽烟，我常常向她借洗衣粉。我其实和她也不算太熟，但她是我在大楼里真正认识、叫得出名字的人。我跟他们相处得很好，也很喜欢跟他们住在一起。

现在，我再也不能回到那里去了。伯纳德·罗登巴尔是小偷。我要被迫搬到别的地方去，用假名再租一套公寓。天哪，做一个职业罪犯已经够难的了，如果你还恶名在外，那就更难混了。

我应该冒险上楼吗？从午夜到早上八点这个时段，门卫是年纪不小但体格壮硕的弗里茨。光靠我头上的假发和便帽，别想唬得住他。用一两张钞票或许能让他放弃好市民应尽的义务，不过也很难说。跟所得相比，这样的风险大得不成比例。侧面倒是有个边门，从那里走过几级楼梯可以通到地下室，地下室的门是锁着的，但从里面可以推开。经理有时会给送货的开门，不过你进不去。

你进不去。我进得去。

我从地下室可以乘电梯直接上到十六楼，不必经过大厅，然后再从相同的路线离开。我可以装上一皮箱衣服、五千多美元现金，以备不时之需。如果去自首，或是被他们抓到，我也能有钱请律师。而且我想把钱拿在手上，而不是藏在我根本没法进去的公寓里。

我摸了摸口袋里的钥匙和开锁工具，走出阴影，打算穿过七十一街。就在我刚到对街的时候,一辆车停在公寓门口的消防栓前。那是一辆新款房车,到处都看得到,但是开得这么大大咧咧,连消防栓旁都敢停,我想里面一定是警察。

有两个人走了出来。我不认识他们,那样子看来不像是警察。他们穿着西装,打着领带。大家都这么穿,他们也不一定就是便衣。

我留在西端大道上没动。他们显然给弗里茨看了什么东西,我退回路边,紧贴着褐色的砂石墙壁,不让人注意到我。如果有人看到我,一定以为我是想打劫,会刻意绕开我藏身的地方。

我在原地待了一分钟,然后突然想到该看看我的窗户,于是又退回到先前站过的角落,抬头找到了十六楼的G号房。灯是亮的。

我待了十五分钟,灯一直亮着。我挠了挠头皮。戴着宽宽松松的假发做这种事实在很蠢。我把假发和便帽扶好,琢磨着那两个浑蛋在我的房间里干什么,究竟要多久才会出来。

我觉得过了很久,而且动静很响,当然他们没有理由在我的房间里蹑手蹑脚。如果我等他们走了再进去,那么邻居对任何声音都会格外敏感,这样的话……

真是糟糕。

* * *

我在住宅区的街道上走了一会儿，始终避开街灯，边走边盘算着下一步应该怎么办。突然，我发现自己离潘多拉酒吧只有半条街。我选了一个地方，能清晰地看到酒吧里的情形，但酒吧里的人却不一定能看到我。我一直站到小腿抽筋，喉咙冒烟。我不知道自己在外面究竟站了多久，但已经确定有八到十个人走进酒吧，也有差不多数量的人打算离开那里。可我那个体形像梨子的朋友并不在里面。

也许我在这附近见过他，才会觉得他那么面熟。也许我们经常在街上擦身而过，他的脸和身影才会印在我的意识里。他提到潘多拉，也许是因为他经常在那里厮混，就脱口而出，虽然他根本就不打算赴这个约会。

也许他现在就在里面。

坦白地说，这话连我自己也不相信。但我口渴难耐，真想抓过一杯啤酒灌个痛快。他可能在里面，虽然机会渺茫，但进去还是合理的吧。

他当然不在里面，但啤酒真好喝。

我没有停留很久，但一出门就觉得很不对劲，似乎有人在跟踪我。我沿着百老汇大道往南走，在身后二三十码处，有个人从我离开酒吧两三分钟后就开始跟着我。我在六十街转弯，他也一样，这让我更加紧张。

我横穿马路，向西走去，他在马路的另一边跟着我。这人个头很小，穿着厚厚的黑呢防风夹克、跟上衣不配套的深色长裤和浅色衬衣。在昏暗的灯光下，我看不清他的脸，却也不想瞪着他让他离开。

就在我转上哥伦布大道之前，他也跑到了街道的这一边。我沿着哥伦布大道向城中心走去，在接近第九大道时，他不知从哪个角落转了出来，又跟在了我的后面，这吓了我一跳。我想了半天，一时不知道该怎么办。我可以躲在门边，等他从我身边经过时，一拳把他打倒；或者我可以继续走下去，看他到底要干什么。

我继续往前走，走过一排房子之后，他走进一家酒吧，之后我就没见过他，原来是一个也想喝两杯的可怜虫。

我走到哥伦布圆环，坐地铁回家。呃，从我自己的家到我临时的家。这次我一下子就找到了贝休恩街，它和我离开时一模一样。我尽可能快地打开门锁，做得就好像我有钥匙一样，然后连跑带跳地蹿上四楼，没多久就站在了罗德尼的房门前。门后的三道锁根本不是问题，因为我没用钥匙锁门，只有弹簧锁扣上了。我用一块软软的铁片伸进钥匙孔，说实话，用这东西开锁比用钥匙还快。

然后我锁上所有的锁，上床睡觉。我什么事也没做，还去冒了一堆没必要冒的险，不过躺在罗德尼的床上时却觉得身心舒畅。我到街上走了一趟,没有躲躲藏藏的。我采取了行动,尽了责任。

感觉真好。

8

第二天早晨,她不需要踢翻花盆叫醒我了。九点刚过,我就起了床。洗过澡,我想刮刮胡子。罗德尼留了一把很糟糕的刮胡刀,是我好不容易才在一个空的邦迪盒子后面的空药箱里找到的。这是一把旧得不能再旧的吉列牌刮胡刀,起码一年没用过了,也起码有一年零一天没有清理过。旧刀片还在上面,罗德尼上次刮胡子留下的残渣也在里面。我在水龙头下用水冲了半天,就像用玩具扫帚清理满屋的垃圾一样吃力。

我决定打个电话给露丝,请她带牙刷、牙膏和刮胡膏给我。我翻了翻电话簿,在曼哈顿区找到了很多姓海托华的人,这才发现海托华这个姓真是很普通,比我预想的还多见。但是没有住在班克街的,也没有叫露丝的。我打电话到查号台,一个有浓厚拉丁口音的接线员告诉我说在班克街上查不到露丝这个名字,可能是没有登记。挂上电话之后,我对自己说,不能因为英语是她的第二语言,就怀疑她的能力。我又拨了一次四一一查号台,这次遇到的是另外一位接线员,便例行公事地询问一番。她的声音听起来很愉快,有点澳洲腔,但她也查不到露丝的电话号码。

我想她大概是没登记吧。她又不是演员,为什么要登记电话号码呢?

我打开电视机,和它做个伴,然后煮上一壶咖啡,又坐回到座位上,端详着那部电话。我决定打个电话回家,看看现在有没有警察在那儿。我拿起话筒,又放了回去,因为不太能确定我家的电话号码到底是什么。我从没打过这个电话,只要我出门,家里就不会有人。我觉得有点意外,就算你不会打电话回家,也会把自己的电话号码告诉别人。我想,我很少跟人说我的电话号码。我对着电话瞪了好一会儿,终于想起来了。我立刻打了过去,没有人接,这也是应该的。我挂上电话。

喝第二杯咖啡的时候,我听到了有人上楼梯、走近门边的声音。她敲了敲门,但我决定让她用钥匙开门。她走了进来,眼神明亮,神采飞扬,手里拿着一个小购物袋,还跟我说她买了蛋和培根。"你已经煮好咖啡了,"她说,"很好。这是今天的《纽约时报》,上面没有什么。"

"我想也不会有什么。"

"我想我应该再买一份《每日新闻》,但看到了又不想买。我觉得只要是重要的新闻,《纽约时报》就应该会登。他只有这一口煎锅吗?"

"除非他带了一口锅上路。"

"他不太会做家务。我们只能用手边现有的东西。我以前没藏匿过逃犯,不过,我会尽可能用你习惯的方法掩护你。如果在别人家和嫌疑人在一起,算是包庇吧。"

"其实是凶杀从犯。"我说。

"那很严重吧?"

"是很严重。"

"伯尼——"

我抓住她的手臂。"我先前想过这个问题了,露丝,也许你还是去检举我比较好。"

"你别胡说了。"

"你会惹来一身麻烦的。"

"别闹了,"她说,"你是无辜的。"

"警察可不这么想。"

"等我们找到真凶,他们就会相信了。嘿,别这样嘛,伯尼!我们不是看过那些老电影吗?好人到最后都会赢的。我们是好人,对不对?"

"这我完全相信。"

"那我们就没什么好担心的了。跟我说你喜欢吃怎么做的鸡蛋,忘了这些讨厌的事。这房子里有我,有蟑螂,这就够了。你在干吗,伯尼?"

"我在亲你的脖子。"

"哦,这倒没关系,下次你可以再亲。嗯——你知道吗,这样很舒服,伯尼,我想我会学着喜欢的。"

我们正在把鸡蛋洗干净,这时电话响了。这次服务人员倒很机警,第四声还没响完就把电话接过去了。

这倒提醒了我。"我今天早上想打电话给你,"我说,"但是你的电话号码没有登记,或者是用你丈夫或别人的名字登记的?"

"哦,"她说,"我没有登记。你打电话给我干什么?"

"因为我想刮胡子。"

"我注意到了,你的脸毛茸茸的,其实我有点喜欢这样,可是我也知道你应该刮一刮。"

我跟她说这里没有刮胡膏,罗德尼的刮胡刀又是那个样子。"我想你可以顺路带来。"

"我现在去买,不麻烦的。"

"如果我有你的电话号码,你就可以省了这趟了。"

"哦,没关系。"她说,"我不在乎。你还要不要别的东西?"

我又说了几样,她写在一张小单子上。我从皮夹里拿出十美元,强迫她收下。"真的不用急。"我说。

"我现在就要出门。我刚刚在想,伯尼,你最好不要用电话。"

"为什么?"

"工作人员应该能分得出是有人把电话拿下来了还是有人在跟人通话。有时他们还会监听呢,是不是?"

"这我倒不知道,我还真不清楚他们在干什么。"

"但他们知道罗德尼不在城里啊,如果他们察觉到有人在罗德尼的公寓里——"

"露丝,通常他们会让电话响上二十次才接过去,他们就是这么有效率。只有在电话响的时候,他们才会注意到用户的线路,而且也是胡乱应付了事。"

"刚才不是只响了四次吗?"

"总是会有意外情况的,是不是?你也不是真的以为用电话有什么危险吧?"

"嗯……"

"不会有什么危险的。"

她出门之后我站在电话旁边,看着它,好像在看什么洪水猛兽。我拿起话筒,开始拨我家的电话号码——这次我记得很清楚——但才拨到一半就不想拨了,挂上了电话。

趁她不在的时候,我把碗盘洗好,然后开始看报纸。《纽约时报》说我还逍遥法外,这我也知道。

这次我懒得锁门,她刚一敲门我就打开了。她递给我一个纸袋,里面有一把刮胡刀、一小盒刀片、刮胡膏、牙刷和一小管牙膏。她还给了我找回的四毛七分钱。时不时就会有这种事提醒你,大家嘴里的通货膨胀绝非空穴来风。

"再过几分钟我就要出门了,"她说,"你可以刮胡子了。"

"出门?你刚来啊。"

"我知道。我要到图书馆去看看《纽约时报索引》——我们昨天晚上不是说过吗,除非我们能找到他的前妻,跟她谈一谈,否则很难有进展。"

"很麻烦,好像不值得这么做。"

"查《纽约时报索引》吗?我只要到四十二街和第五——"

"我知道图书馆在哪里。我是说找弗兰克斯福德的前妻。"

"其实也没什么麻烦的。前妻会不会参加前夫的追悼仪式?我今天下午就要到那边去,两点半有一个追悼仪式。追悼仪式跟葬礼有什么不同?"

"我不知道。"

"我想可能跟尸体在不在有关系。警察可能因为解剖或是别的什么原因,还没有交还尸体。他们要确定他真的死了。"

"他们已经确定死亡时间和死亡原因了。"

"也许他们没有交还尸体,或是把尸体运到别的地方去了。我不知道,但是差别应该就在这里吧。没有尸体不能叫葬礼,对不对?"

"去问汤姆·索亚①吧。"

"有意思。那我到酒吧去好了。潘多拉的盒子。"

"就叫潘多拉。你到那里去干什么?"

"我不知道,跟我去追悼仪式的道理一样。如果那家伙没参加追悼仪式,说不定会去酒吧。"

"我不知道他参加追悼仪式干什么。"

她耸了耸肩。"我也不知道。但说不定他是弗兰克斯福德生意上的朋友,所以才会去。什么事情都是有可能的,对不对?如果他没参加追悼仪式,说不定会到潘多拉喝一杯,借酒消愁。"

接下来她解释说为什么她觉得潘多拉可能是我们朋友的日常买醉之处,这也是前天晚上我到酒吧去溜达的原因吧。如果他真的在教堂或酒吧的话,露丝一定可以根据我的描述认出他来。

我们坐下聊了起来,一小时之后,露丝说她该到上城去了。其间有好几次我差点就跟她说,就在几小时前我曾经到过潘多拉,但不知为什么,我终究没说出口。

她一出门,时间好像就变慢了。不管有没有结果,她总算是有点事可做,而我呢,只能在屋里晃来晃去消磨时

---

①汤姆·索亚(Tom Sawyer),马克·吐温的小说《汤姆·索亚历险记》中的主角,家人一度以为他溺毙,为他举行了追悼仪式。

间。我想戴上假发和便帽跟在她后面，但转念一想，又觉得这么做很笨，因为警察可能派了人手，在追悼仪式上注意可疑人物。我突然担心起露丝来，不知道她有没有想到这一层，可别引来警察跟踪她。

如果没有别的更值得担心的事放在心上，你就会钻牛角尖，觉得还真有这回事。我决定提醒她注意这个问题，但我没有她的电话号码，没法找到她，更何况她在前往图书馆的路上。我当然可以打电话给图书馆，请他们派人去找她，虽然我不知道图书馆有没有这项服务。不过我可以跟他们说，这是性命攸关的事。

不行，这会吸引大家的注意。所以我应该干脆戴上假发和便帽到图书馆去跟她说，但这样有可能把她逼进一个小房间，而里面恰巧有三个警察眼光瞟来瞟去，这时她叫我的名字，我的假发跟便帽也刚好掉了下来。

于是我决定刮胡子，尽可能地用最慢的速度细细打理。我先把刮胡膏抹在脸上，抹了四五次，然后刻意而细心地慢慢刮。这是我近年来刮胡子最仔细的一次——除非你连我逃离弗兰克斯福德公寓的那次一块算上，嘿嘿——我留下两撇小胡子没刮，觉得有助于伪装，跟假发和便帽也很配。

我从柜子里把假发和便帽拿了出来，戴在头上，仔细打量我嘴上八分之一英寸新留的胡须。然后我脱掉假发和便帽，放回柜子里，又抹上刮胡膏，把那两撇有点造作的胡须刮掉了。

胡子再怎么刮也只能这样了。我尽可能做得仔细,如果还能再浪费时间,大概只有把头发也剃掉了。我真的在考虑把头发剃光的可能性,这同时也说明了我现在的精神状态。如果我剃成光头,戴上假发说不定会更贴合一点。幸好在我真的动手之前,这主意就已经烟消云散了。

我又开始拨自己家的电话,这纯粹是因为无聊,结果电话竟然占线,这可把我吓了一大跳。我随即想到这并不代表有人在用我的电话,只是那个区的电话线路忙而已,这种事经常会发生。要不就是恰巧有人打电话给我,被他先接通了。我几分钟后再打电话过去,电话响了,不过没人接。

我继续看电视,胡乱换着台。WOR台在重播一部叫《公路巡弋》的电影。我坐在沙发上,看着布罗德里克·克劳福德[①]如何惩罚坏人,这是他最擅长的事了。

我掏出我的那串钥匙和挑钩,放在手上掂掂分量,脑子在盘算有没有可能在这幢房子里闯几个空门,算是找点事情做。我可以到楼下去按电铃或是记下他们的名字,到电话簿上去查他们的电话,确定哪些人在家、哪些人不在,一家一家去探个究竟。说不定能找到合身的衣服,或是给以斯帖和末底改找点猫粮。

[①] 布罗德里克·克劳福德(Broadrick Crawford, 1911—1986),美国电影演员。

我根本没认真思考过这些想法。我只是渴望思考点什么，于是就胡乱拉些东西来滥竽充数。

我不知不觉在电视机前打起盹来，半睡半醒地看着电影里的情节，直到影像完全淡出，被一些无聊的梦取代。我不知道自己什么时候睡着的，所以也说不上来到底睡了多久，我想有一小时多一点，两小时不到吧。

也许是外面的噪声把我吵醒的，也许我小睡一下就够了。但我相信是那声音，我在潜意识里听到了，而且能分辨出来。

不管是什么原因，我睁开眼睛，盯着电视看，狠狠眨了两下，又盯着电视看。

五点刚过，露丝回来了。我那时已经快把地毯磨破了，沿着线头露出的边缘来回不停地走，要么就冲到电话旁，没拿起听筒又慌忙退开。五点的新闻开始了，我已经紧张烦躁得根本看不进去，只知道有个面带微笑的家伙喋喋不休地在播报摩洛哥——还是黎巴嫩？反正是诸如此类的地方——的情形，骇人听闻。

是露丝回来的脚步声。她把钥匙插进孔中还没转动，我就替她把门打开了。然后她冲了进来，还没锁门就爆出连珠炮一样的一串话。她的嘴好像怎么也闭不上，从外面的天气、图书馆的设备到弗兰克斯福德的追悼仪式，说个没完没了。但是我的注意力跟刚才听摩洛哥——或是黎巴嫩——的新闻时差不多。

我好不容易在她的一个句子中间插了句嘴。"我们的胖朋友呢?"我说,"他在那里吗?"

"我想没有。他没出席追悼仪式,也没去酒吧。顺便提一句,那酒吧还真脏啊,它——"

"所以你没见到他?"

"没有,但是——"

"我见到了。"我说。

9

"演员!"

"演员。"我同意这种说法,"在看那部电影的时候,大部分时间我都在睡觉。但就在那个时候,我醒过来了,他正从出租车的前座回过头来,问詹姆斯·加纳①要到哪里去。'上哪儿啊,老兄?'我想我就是这个时候醒过来的。幸好没错过这几个字。"

"单凭这个就能认出他来?"

"肯定是他,绝对是同一个人。那部电影是十五年前拍的。他当然没有当时那么年轻了,但谁不是这样?一样的脸、一样的声音、一样的体形。他多了几磅肉,但谁又不这样?哦,没错,就是他。如果你见过他,也认得出来。他一出现你就会知道。我一定在电影和电视节目里见过他几百次,不是出租车司机、银行柜员,就是街头混

---

① 詹姆斯·加纳(James Garner, 1928—2014),美国电影明星。

混。"

"他叫什么名字?"

"谁知道?我本来就不太注意这种小事,而且片尾也没有播演职员。我坐在那儿等,当然加纳不会再叫同一辆出租车,我连想都不敢想。我猜为了在电视上播放方便,他们剪掉了很多画面。而且有的电影本来在片尾就没有演职员名单。"

"那倒不见得。但是如果他只说了一句'上哪儿啊,老兄?',演职员名单中到底会不会有他呢?"

"哦,他还有别的对白,总共五六句吧。你知道的,就是谈谈交通和天气,一般的纽约出租车司机都会聊的那些话题,至少是好莱坞的人觉得典型的纽约出租车司机会说的话。出租车司机真的会跟你说:'上哪儿啊,老兄'吗?"

"不会吧。没有什么人叫我老兄。有意思,难怪你觉得他很面熟,却不知道在哪里见过。"

"我是在银幕上见到他的。很多次了。难怪连声音听起来都很耳熟。"我的眉头皱了起来,"原来我是这样见过他的,露丝。但他又是怎么认识我的呢?我又不是演员,除非你硬要说人生是一个舞台。这个演员到底是怎么认识我——伯尼·罗登巴尔这个小偷的呢?"

"我不知道,也许——"

"罗德尼?"

"呃?"

"罗德尼是个演员啊。"

"那又怎样?"

"演员不都相互认识吗?"

"是吗?我倒不知道。有的相互之间很熟吧。你们做贼的都相互认识吗?"

"这不一样。"

"有什么不一样?"

"我们做贼的都独来独往。戏剧工作者不同,他们必须组织起来,在舞台上或摄影机前表演。演员得和别人合作,也许罗德尼跟他演过戏。"

"是有这个可能。"

"罗德尼认识我,我和他玩过扑克牌。"

"但他不知道你是个贼啊。"

"我想他不知道,但也说不定。"

"除非他最近读过纽约的报纸。你是觉得罗德尼不知道从哪儿打听到你是个贼,然后跟这个演员说了?而另一个演员呢,决定要你为这起谋杀案背黑锅,所以就在你从谋杀现场到罗德尼公寓的这段时间里善后。"

"哦。"

"就是这样吧。"

"我知道这种说法要别人相信,是有点难,但你别忘了,他们都是演员。"

"其中两个是,不过只有一个全程参与。"

"弗兰克斯福德和剧场很有渊源。也许他和设计陷害我们的那个演员有些纠纷。制作人和这个演员一言不合——"

"演员就决定杀死弗兰克斯福德,再找个贼来顶罪。"

"我一直在吹气球,而你却老是在气球上扎针。"

"我只是觉得,应该根据我们知道的事情来推理,伯尼。这跟那个人是怎么找上你的没有关系,现在重要的是我们怎么才能找到他。你看的那部电影叫什么名字?"

"《中间人》。讲的是接管公司的事,但不像你想的那样是同性恋、三人同居的色情电影。由詹姆斯·加纳和尚恩·威尔森主演,此外还有两三个我叫得出名字的人,但都不是我们的那位朋友。这部电影是一九六二年拍的,在《纽约时报》上写影评的人不知道是谁,但不管是谁都会认为这是一部剧情在意料之中,但是演员的表现如鬼似魅的电影。这个形容词你可能不常听到吧。"

"你可能也不想常常听到吧。"

"是啊。"我说。

她拿起电话,我跟她说她可能需要一本电话簿。"我也想到了这个主意,"我说,"打电话给录像带出租公司,问他们有没有这部电影,但他们这时候都没有开门,是不是?"

她做了个鬼脸,问我播那部电影的是哪个频道。

"九频道。"

"是 WPIX 吗？"

"是 WOR。"

"对。"她合上电话簿，拨了个电话号码，"你说要租那部电影回来，看看那里面的人，这话不是认真的吧？"

"也不能说全是在开玩笑。"

"电视台应该有人有演员名单，这个时候他们会有专人处理电话。"

"哦。"

"还有没有咖啡，伯尼？"

"我去倒一点给你。"

她打了好几个电话。WOR 显然已经习惯于电影迷这种神经兮兮的言谈，因为他们的观众群里有很大一部分是这样的人，他们也只好耐着性子勉强应付。大家打电话来问的，多半是那些比较知名的演员。像我们那位只有几句台词的出租车司机，根本就不会有人注意。

虽然如此，露丝还是在电话线上等了半天，因为这人说他有个同事知道《中间人》里的出租车司机是谁演的。他那个同事一肚子典故，不巧他出去买三明治了。所以露丝哼哼哈哈的，懒洋洋地跟对方聊天，消磨时间，直到他的同事回来接过电话。他模糊地记得出租车里进行的几句对话，但对那场戏其实没有什么印象。然后，露丝开始向他描述那个梨形身材男子的长相，这让我有点紧张，不管在现实中还是在电影里，露丝都没见过他。但是露丝非常精确地复述了我的观察，他们又聊了一会儿，然后她向他道谢，挂上了电话。

"他说他知道我说的是谁，"她说，"但他不记得他的名字。"

"真好。"

"不过他查出来那部片子是派拉蒙发行的。"

"那又怎样？"

洛杉矶查号台给了她派拉蒙影片公司的电话号码。那里比这里早了三小时，所以他们还在上班，不过有很多人吃午饭还没有回来。露丝试了很多分机，最后，她好不容易才找到人接她的电话。对方告诉她说，十年以上的电影演员名单已经归入罕用档案，建议她试试影视艺术与科学学院。露丝打电话到查号台，查出了影视艺术与科学学院的电话。学院的人告诉她他们保有这样的资料，也很欢迎她开车过去亲自查阅。但是谁也不会开车三千英里赶到那里，这实在是太浪费时间了。不管怎么说，对方就是不肯松口，直到露丝对他说她是大卫·梅里克[①]的秘书，对方才有所让步。我想这名字还真有点名堂。

[①] 大卫·梅里克（David Merrick, 1911—2000），百老汇著名制作人。

"他去查了。"她用手遮住话筒说。

"我还以为你是不撒谎的。"

"我只是偶尔没说实话而已。"

"这跟公然撒谎又有什么不同呢？"

"有点细微的差别。"她好像还想再补充一点，但美洲大陆的另一端已经有人开始说话了。露丝一直在说是、是、嗯、嗯，同时在电话簿上飞快地记着。然后她转达了梅里克的谢意，挂上电话。

她问我说："哪个司机？"

"啊？"

"在完整的演员名单上有两个出租车司机的名字，一个是司机 A，一个是司机 B。"她看着自己做的记录，"司机 A 是保罗·科希格，司机 B 叫韦斯利·布里尔。你说我们要找的是哪一个？"

"韦斯利·布里尔。"

"你听说过这个名字？"

"没有。但是他是影片中后出现的出租车司机，所以他应该是第二个，而不是第一个，对吧？"

"除非你看到他的时候已经不是他第一次出场了。"

我抢过电话簿，曼哈顿区没有人姓科希格，更别提叫保罗·科希格的了。姓布里尔的人倒很多，却没有叫韦斯利的。

"说不定是艺名。"她说。

"这样的小演员还要什么艺名!"

"没有人只想当小演员,特别是演艺事业刚开始的时候。也许有别的演员和他的名字一样,所以他只好换个名字。"

"也许他根本没有登记电话,也许他住在皇后区,也许——"

"我们在浪费时间。"她又拿起电话,"SAG那边会有这两个人的地址。"她打电话到查号台问电影演员公会的电话,这倒省下了我问她什么是SAG①的时间。接下来,她又拨了十个电话号码,问对方如何和我们的两个演员朋友联络。这次她没有假冒成大卫·梅里克的秘书,看来也没这个必要。她等了几分钟,用笔在空中画了几个圈,我连忙把电话簿递给她,她在封面上又写了好几个字。

"是布里尔。"她说,"你说得对。"

"难道他也向你描述了布里尔的体形?"

"他在纽约有个经纪人。他们只给了我这两个演员的经纪人的电话。科希格的经纪人是西岸的威廉·莫里斯,布里尔的经纪人叫彼得·艾伦·马丁。"

"马丁就在纽约?"

"哦不,电话开头的数字是五,他应该在俄勒冈。"

"也许演员更喜欢和同海岸的经纪人合作。"

---

① SAG是电影演员公会(Screen Actors Guild)的首字母缩写。

"这样是比较合理。"她同意我的说法，然后拨了电话号码，听了好一会儿，接着朝话筒哼了一声，挂上了电话。"他今天不会回来了。"她说，"我也有个答录机，可我真恨这些东西。"

"大家都讨厌。"

"如果我的经纪人用的是答录机，不是亲自接电话，我一定会换一个经纪人。"

"我倒不知道你有经纪人。"

她的脸一红。"我是说如果我有的话。如果我们有火腿，就可以做火腿蛋吃，不过那也要先有蛋才行——"

"我们还有些鸡蛋，在冰箱里。"

"伯尼——"

"我知道。"我开始看电话簿，没有叫韦斯利·布里尔的，只有人姓布里尔，名字是缩写的W。前两个电话有人接，对方告诉我他们那儿没有叫韦斯利的。第三个和最后一个都没人接，但地址在哈莱姆区，我的梨子朋友不太可能住在那里。在电话簿上用名字缩写的通常是女性，为的是避免骚扰电话。

"我们可以查查未登记电话。"露丝建议道，"查号台那里有资料。"

"做演员还不登记电话？这怎么可能？不过，就算我们确定他没有登记电话，这信息对我们也没有用。"

"我想是这样。"

"那就不用伤脑筋了。"

"是的。"

"我们知道他是谁,"我说,"这是最重要的事情。明天我们打电话给他的经纪人,问他的住址。现在最好的是我们已经有了开头,这是我们以前做不到的。如果警察一小时之后破门而入抓住我,这跟他们两小时之前破门而入,情势已经有点不同了。我不是一点头绪都没有,明白吗?除了向他们提起那个梨子体形的男人之外,我有了新的线索,不只能描述出他的体形,还说得出他的名字。"

"那又怎么样呢?"

"他们还是会把我关进牢里,不理会我在说什么。"我说,"可是不会有人冲进来,没什么好担心的,露丝。"

她到街角的小吃店买了一些三明治和啤酒,还在卖酒的商店停留了一会儿,买了一瓶先生牌威士忌。她出门的时候,我请她顺便带瓶酒回来。她买到了所有我请她买的东西,但我没有喝酒。我开了一瓶啤酒当晚餐时的饮料,没碰威士忌。

吃完饭之后,我们坐在沙发上喝咖啡。她倒了点威士忌在她的咖啡杯里,我没有。她要我拿行窃工具给她看,我就拿了出来。她一件件地问它们的名字和作用。

"行窃工具。"她说,"持有行窃工具是非法的,对不对?"

"会因此坐牢。"

"你开这套公寓的门的时候,用了哪几样?"我拿给她看,向她解释开锁的过程。

"实在不简单。"她说着轻轻地抖了一下,很迷人,"开锁是谁教你的?"

"自学的。"

"真的?"

"差不多就是这样。我先读了几本开锁的书,然后又参加了在俄亥俄州的函授学校。你知道吗,我觉得只有小偷才会上那种课。我在牢里就认识这样一个人,他上过开锁的函授大学,每个月学校都会寄一把锁给他,还附上完整的开锁说明。他就蹲在牢房里,每天都要练上好几小时。"

"监狱方面也不管吗?"

"他们认为他在学习一技之长,狱方最鼓励的就是这种事。其实,他在接受盗贼的升级教育,起初他也许是个抢加油站的,以后他会改做点别的。"

"偷东西好像比较好赚钱。"

"通常是这样,但差别最大的是需不需要使用暴力。干这行不用向别人开枪,偷东西总是比较安全、比较合理,特别是没有人在家的时候。"

"上完这个课程之后,他就变成专家了?"

我耸耸肩。"我只知道他上完了这个课程,不知道他到底有没有变成专家。不管是函授还是面授,学习总是要靠自己。"

"你是说手吗?"

"一双手和一颗心。"说这种话,我自己都觉得有点脸红,"是真的。我十二岁的时候,无师自通,就会开浴室的锁。只要把锁头中间的钮按下去,门就只能从里面开,从外面是打不开的。不管你是坐在马桶上还是躺在浴缸里,外面的人都别想进去。你当然也可以先把按钮按下去,然后就会把自己反锁在门外。

"我妹妹就做了差不多的事情,只是她把自己锁在了浴室里,一个劲地哭,因为她不会扭门把。这门从里面能打开,在外面却没办法。我妈妈打电话给消防队,他们把门锁拆开,把她救了出来。你在笑什么?"

"经历过这种事情的人,通常会立志做消防队员,但你却决定做个贼。"

"我只是决定了要研究怎么开锁。我先是想用螺丝起子的头伸进锁孔里,但它的弹性不够。我换了一把又试,然后再用那种塑胶的年历片,就是推销员在街上分发、可以放在皮夹里、十二个月份看得清清楚楚、很好用的那种。我那时还不知道原理,就已经在想怎么用撬片来开锁了。"

"撬片?"

"是一种塑胶片做成的工具。如果你碰上那种不用钥匙就能锁上的锁——你知道，就是那种只要把门带上就能自己锁上的锁——就要用这种塑胶撬片。开这种锁要看锁壁跟门柱之间的距离，才能知道容不容易，但总是有办法可以打开。"

"真有意思。"她说，又开始轻轻地颤抖。我对她谈起我早年的开锁经历，以及打开锁的那一瞬间的战栗感，她似乎很愿意听我讲。我告诉她我第一次潜入隔壁邻居家的事。那是一个下午，那家没人在家，我拿了冰箱里的冷肉片，又从面包抽屉里拿了几片面包，做了份三明治。吃完之后，我把所有的东西放归原位，这才不急不慢地出了门。

"最重要的是你打开了那道门。"

"打开门，溜进去。对。"

"然后你才开始偷东西。"

"看那份三明治算不算了。没过多久我就开始偷东西。你既然已经可以进去了，那你很容易就会想到没拿钱就这么走，好像没什么道理。开锁很有意思，不过，部分的乐趣也是来自门后面的财物。"

"危险呢？"

"这的确也是刺激的来源之一。"

"伯尼，告诉我这到底是什么滋味。"

"当小偷吗？"

"是啊。"她的脸突然紧绷起来，特别是在眼眶周围，上嘴唇甚至还微微冒汗。我把手放在她的大腿上，她的腿微微抽动，像是扭紧的弦。

"告诉我是什么感觉。"

我的手在她的大腿上来回游移。"感觉真好。"

"你知道我的意思。打开别人家的门，溜进去是什么滋味？"

"很刺激。"

"那是一定的。"她的舌头轻轻地舔了舔下嘴唇，"害怕吗？"

"有一点。"

"那也是一定的。这种刺激……呃……会有一点像性吗？"

"那要看你在屋里找到什么人了。"我笑得很开心，"开玩笑的。我想这刺激里会有一点性的成分，不过应该是抽象的，是不是？"我放在她大腿上的手没闲着，一边说一边游来游去。"要试到锁钩的适当位置，"我继续着手上的动作，"这边敲敲，那边打打，轻轻地把门锁打开，慢慢地溜进去……"

"然后呢？"

"当然也有很粗鲁的人，直接用铁撬杆把门撬开，或是一脚把门踢开，这种人的作风是不是像那种单刀直入的性？"

她的嘴噘起来了。"你在和我开玩笑吗?"

"有一点。"

她的眼睛似乎转成蓝色了,眼神天真无邪。我的手指放在她的下巴上,托起她的脸庞,在她的鼻尖上轻轻一吻。"你会知道的。"我说。

"啊?"

"两小时之后,你会亲眼目睹。"

我这么想是有道理的。她就是那种很会用电话套话的人,也许明天一早她能从经纪人那里问出韦斯利·布里尔的地址,但是需要等那么久吗?那个经纪人会警告布里尔吗?再说,如果他在这件事里也插了一脚,又为什么要透露消息给他呢?

换个角度来说,彼得·艾伦·马丁的办公室就在第六大道和第十六街的交叉口,说不定在他下班之后溜进去还能够找到什么我意想不到的线索。至少,我能早几小时知道布里尔的地址,免得再费一番工夫,也不会引起什么疑心。如果运气够好的话——这事就和闯空门一样有吸引力——你不知道会找到什么,有时还会喜出望外。

"但是你就得出去了。"露丝说,"人家会看到你的。"

"我可以化装。"

她的脸色亮了起来。"也许我们可以化个装,不知道罗德尼有没有留下化妆品。我可以帮你化，我看先贴两撇小胡子吧。"

"我今天下午真的留了两撇胡子，但效果不怎么样。只要一化装，大家就知道你化妆了，反而会特别注意你，适得其反。你等一等。"

我走到衣橱边，找出那顶假发和便帽，拿进浴室，对着镜子调整出最好的模样，然后走出去给露丝看。她好像还挺欣赏的。我夸张地弯腰致意，假发和帽子落在了我的面前。她大笑起来，笑得非常夸张。

"没那么好笑吧。"我说。

"哦，天哪，这太滑稽了。如果用两个发夹，就不会这样了。头发万一掉在街上，脸可就丢大了。"

昨晚什么事也没发生，我想，但我没说什么。我没告诉她我昨天独自出去过——因为现在再提起这件，时机有点尴尬。

我们大约是九点左右出门的。我的那些工具和塑胶手套都放在口袋里，还多带了一卷我从医药柜里找到的胶带。我想应该不用打破玻璃，不过有卷胶带在手边会很方便，因为我没去过马丁的办公室，也不知道会碰到什么状况。露丝在她的皮包里找到了两个发夹，把假发别在我的真头发上。我现在可以潇洒地鞠躬，不用担心假发会滑下来。当然，帽子是会掉下来的。她本来想用别针把帽子也一块儿别起来，但我想这样就够了。

出门后我向她借了罗德尼的备用钥匙，把三道锁全部锁好，然后把钥匙还给她。她把钥匙放回皮包之前，还看了它们一会儿。"你可以把所有的锁打开。"她说，"不用钥匙。"

"我是一个很有才气的人。"

"当然。"

去那幢房子的路上，我们没有遇到任何人。屋外的空气新鲜清爽，好像比昨天晚上温暖一点。我差点就把我的感受告诉了她，幸好我想起了她说过我不该出去的，于是又把话咽了回去。她说，在屋里关了两天，出来一定觉得很舒服，我说，对，真的很舒服。她说，全市的警察都在找我，我还走在街上，一定会觉得很紧张。说这种话未免神经质了一点，但我还是说，对啊，是有点紧张，不过还能够控制。她挽着我的手臂，我们朝东北方向前行。

有她在身边是安全一点。一男一女依偎着走在街头，就算有人看到我，也不会怀疑我是正在逃避拘捕的江洋大盗。现在的我比起昨天是安心了许多。我觉得开始时她有点紧张，但过了两条街之后，她好像放松了许多。她告诉我，她实在等不及我们俩一起进入经纪人办公室的那一瞬间。

"'我们俩'是什么意思，宝贝？"

"除了你和我还会有谁?"

"不行。"我说,"办不到。我是个贼,你是我最信得过的同伴。你留在外面,替我把风。"

她噘了噘嘴。"好玩的事都被你占尽了。"

"长官当然该有点特权。"

"两个人一块儿动脑筋总比一个人强吧,伯尼,四只手也比两只手能干。如果我们两个都进到马丁的办公室的话,速度会快一点。"

我对她说人多手也杂。到了第十六街和第六大道的交会口时,她还在抗议。我看准了马丁办公室的位置,斜对角刚巧是家咖啡馆。"你在那边等吧,"我说,"坐在雅座里面,喝杯可能不是顶好的咖啡。"

"我不想喝咖啡。"

"也许再加个英国松饼会让你想喝杯咖啡。"

"我不饿。"

"那就吃个丹麦梅酥吧。他们那里的丹麦梅酥很有名。"

"真的?"

"我怎么知道。你可以在窗边举灯笼,一盏是陆路,两盏是水路①,露丝·海托华在海的另一边等你。怎么啦?"

"没什么。"

---

① 出自亨利·沃兹沃斯·朗费罗的诗《保罗·列维尔骑马来》。列维尔安排的信号灯这一盏,说明英国军队从陆地来,亮两盏则是从海上来。

"《两盏是水路》。这是罗德尼演了一个角色的戏。不管怎样,我曾在海的另外一边,但不会很久。进来出去,动如脱兔,这是我的原则。"

"我明白了。"

"只有做贼的时候才这样,别的时候我就没那么坚持了。"

"啊?哦。"

我觉得轻松了许多,甚至还有点茫然。我亲了她一下,以示同仇敌忾,然后把她带到咖啡馆,挺起胸膛准备干活。

10

那幢建筑有十多层高,但在当时,建筑师一定是把它当作摩天大楼来盖的。它真的很古老,原本白色的主体镶了金属装饰,不过已经累积了好几十年的尘埃。如今不会有人再盖这样的建筑了,想想也不奇怪。

我隔街打量着这幢建筑,好像没找到什么碍眼的东西。街边的办公楼大都熄灯了,只有几间办公室例外——律师和会计师都工作到比较晚,清洁工必须擦过桌子、倒干净垃圾桶、拖完地板之后才能下班。一个穿着棕色制服的白头发黑人孤零零地坐在铺着大理石的窄窄的大厅里,伸长了胳膊在看报纸。我看了他好几分钟。没有人走进大楼,但有个人从电梯走出来,往警卫的办公桌走去,然后转弯出了大楼,朝第六大道的方向往上城走去。

我闪进街角的电话亭,尽量不去琢磨里面的怪味是从哪儿来的。我拨了个电话到彼得·艾伦·马丁的办公室,听到的是答录机的声音,便挂掉了电话。只要在七秒钟内挂掉电话，它会把一毛钱还给你。我一定是拖到了八秒，因为贝尔公司把我的钱收走了。

交通信号灯一变，我便快步走到马路对面。警卫见到我走进旋转门，还是一副没精打采的样子。我对他报以我的三号微笑，这种微笑很热切但有点假，然后走到柜台前，很快地瞥了一眼墙上的公司名录。他指了指面前的登记簿，我用一根短短的铅笔头在姓名栏下签了T.J.鲍威尔，在公司栏下写了贺布里尔公司，在房号栏下写了四四一，在时间栏下填了九点二十五分。我想，就算把美国宪法的全文写上去，这老人八成也不会注意。他只是在这里收集大家的签名，不让闲杂人等要来就来要去就去。他被放在这幢十五线大楼里，租客们都待不久，每年的更换率高达百分之三十。这里根本不可能有什么工商业间谍行为。这个老人只要把街头混混挡在外面，不让他们进去骚扰里面的打字员，就可以赚到管理单位给他的微薄报酬。

电梯显然在几年前被一个外行改装成了自动运行的，摇摇晃晃的像个快散架的旧箱子，花了很长时间才把我送到我想去的四楼。马丁的办公室在六楼，虽然我不相信大厅里的那个老头会舍得放下报纸，看我到底上了几楼，但不管在什么情况下，行家就该有行家的风范。我顺着逃生梯往上爬了两层——还真是挺陡的——在回廊的另外一端找到了马丁的办公室。我一路走过去，只有两间办公室的灯还是亮的，一家是会计师事务所，另外一家是叫作国家无限的公司。会计师办公室里静悄悄的，但国家无限公司里却有古典音乐，好像是维瓦尔第的室内乐，还隐隐约约地传来一个布朗克斯口音的女孩的声音："告诉他说他还有很多东西要学，结果你知道他说什么？你绝对不敢相信……"

彼得·艾伦·马丁的办公室外是一块毛玻璃，上面镶了一片金黄色的枫叶。他的全名也镶在上面，字母全部大写，下面是"演艺经纪"几个小字。这些字是很久以前镶上去的，早就该重新烫金了。其实，整幢大楼都需要全面打理，不过谁都知道不会有这么一天。楼的外观还有几分昔日的气派，但里面连风韵都不存了。

办公室的门有一道弹簧装置和一个门把。马丁把钥匙插进钥匙孔挑开弹簧之后，还得再转门把才能进去。这实在令人难以理解，用这种锁就好像是用栅栏防乌鸦，就算再白痴的人也只要把玻璃打破就可以长驱直入了。更何况我还有一卷胶带在口袋里，能让我轻松过关。胶带交叉贴起来之后再敲破玻璃，能将破碎的声音压到最低。

可是，破碎的玻璃等于是一张邀请卡，上面还贴了胶带，痕迹就更加明显。我不是来偷东西的，而且我喜欢神出鬼没，最好别让人知道我的存在。所以，我决定慢慢把门打开，但就算这样也没花多少时间。

我挑开锁里的弹簧，把撬片伸进去更是简单。锁和墙壁之间大约有四分之一英寸的空间，只要有把抹奶油的薄刀，连小孩都能打得开。

"究竟是什么感觉，伯尼？"

转动门把将门推开的时候，会有一丝兴奋，然后侧身进去，关门，上锁。我的口袋里有手电筒，但我想也没想就打开了头顶的荧光灯。如果从外面看进来，手电筒的光线窜来窜去，很是令人生疑；把大灯打开的话，别人会以为这是一间还没熄灯的办公室，而我则是一个在加班的倒霉鬼。

我很快地转了一圈，看了看屋内的东西。有一张陈旧的木头办公桌、一张蓝色的钢制速记桌，速记桌上有一部打字机，此外还有一张长桌、两把椅子。我打量了一下，确定房间里没有藏着尸体，这才站在窗边，向外张望。我能看见咖啡馆，却看不到里面，不知道露丝是不是坐在窗边，是不是在看我这扇窗户。不过，这事我没有琢磨很久。

我看了看手表，九点三十六分。

马丁的办公室破旧混乱。其中有一面墙上胡乱贴满了深褐色的软木塞，一看便是外行人做的装潢，上面用图钉钉满了各式各样耀眼的照片，里面大多数是女性，她们都极尽可能地暴露自己的身体。大部分人露着腿，许多人露胸，但毫无例外都笑得很僵硬。想到彼得·艾伦·马丁得坐在这张乱七八糟的桌子前，看着那一排排的白牙齿，我不禁为他感到难过。

在琳琅满目的巨乳和大腿之间，夹杂了两张男性的照片，不过他们不是我要找的人。

在桌上白色的按钮电话旁边，有一沓记录电话号码和地址的卡片。我胡乱翻了翻，找到了韦斯利·布里尔的名字。其实这没什么好奇怪的，但我真的找到了想要的东西，反而觉得一阵寒意。我拿起马丁的钢笔，在一张纸上抄下：韦斯利·布里尔，坎伯兰旅馆，西五十八街三二六号，五四一七二五五。我不知道为什么要写下他的名字，冷静地想想，我只要记住旅馆的名字就行了，剩下的可以查电话簿，但没有人是完美的。

我套上橡胶手套，把我记得曾经摸过的地方擦拭一遍，其实不太可能有人会来采指纹，说不定根本没人会想到这一层。我又开始翻资料盒，看有没有弗兰克斯福德的名字。我不期望真能找到，而结果也没有出乎我的意料。

橡木墙对面的窗户下，放了三个绿色的金属档案柜，看来都有些年头了。我翻了翻，很快就找到了布里尔的档案，里面只有十来张八乘十英寸的照片；或许还有些文字资料，但被他扔了或是放到别的地方去了。

我对这些照片很感兴趣。直到看见照片，我才确定的确是韦斯利·布里尔设计陷害我的。不过，话说回来，这事好像也另有隐情。我们打了很多长途电话，但都是在和空气打交道。见了布里尔的黑白照片，前因后果就清楚多了。我翻了翻照片，挑出一张组合照，上面有六张大头照，记录了他不同的神情。我知道没人会注意档案里少了这张照片——说不定整份档案或是档案柜不见了，都没人知道——我把照片折了两下，放进口袋。

马丁的桌子没有锁。我机械性地翻了翻，也不是在找和布里尔有关的线索。我在桌子的最后一层抽屉里找到了一品脱、瓶子几乎全满的混合威士忌，旁边挨着的是老波士顿先生牌薄荷金酒，半品脱，没开瓶。这两瓶酒对我有无上的吸引力。在中间的大抽屉里，我找到了装现金的信封，总共八十五美元，全都是五美元和十美元的纸钞。我抽了一张五美元和两张十美元，支付此行的费用，但随后又心一横，打开信封，把钱全部抽走，把信封扔了回去。或许我留下了我曾来过这里的痕迹，或许我制造的一团混乱和他制造的一团混乱不一样，不过就算他注意到了，也只会以为是哪个在这儿游荡的艺术家顺手牵羊。

那我又何必擦拭我留下的指纹？你是不是注意到了这个矛盾？好了，说实在的，我就是见不得放在眼前的横财。这才是我的心里话。

但我得想尽办法不去注意放在左手边抽屉里的东西，那是一把很小巧的左轮手枪，两英寸长的枪管，枪柄镶了珍珠；虽然小，看起来却有一股强悍之气。我贴近抽屉，把鼻子凑上去闻了闻，就像电视上演的那样。通常，在闻过之后，他们就会判定这把枪发射过没有。但我只闻到一股金属味和油味，还有那种只有抽屉里才会有的霉臭味。这就是那种你恨不得马上关上，把鼻子移开的抽屉。

枪让我紧张。你如果知道有多少盗贼行窃时碰到过枪，保证会吓一跳。我说过，我曾经被卡特·桑多瓦尔用那种老猎枪指过一次，但在抽屉和床头柜里找到枪，却不止一次，还有很多人喜欢把枪放在枕头底下。大家买枪是为了防贼，至少在买的时候会对自己这么说，结果到头来却用来杀他们自己，有时是刻意的，有时是意外。

很多贼会偷枪，有时候是因为他们自己用得着，有时候是因为卖这种来历不明的枪，可以赚上个五十一百的。我认识一个专偷城市住宅的贼，他看到枪就一定会拿，免得下次再光顾的小偷会挨枪子儿。枪到手之后，他会顺手扔进最近的排水沟。"我们总得彼此照顾吧。"他对我说。

我从来不偷枪，也压根儿没想到要偷马丁的枪，坦白说，我连碰都不想碰。我关上抽屉，真的连摸也没摸。

九点五十七分，我离开办公室。走廊上没有人，国家无限公司的办公室里隐约飘来一阵莫扎特的音乐声。我花了一分钟的时间锁门，虽然我也可以让他以为自己忘了锁门。如果有人和彼得·艾伦·马丁一样喜欢那样的酒，可能也是糊里糊涂地迎接黎明，根本不记得前一天到底发生了什么事。

我还是跑到四楼去按电梯。贺布里尔公司里没有半个人。我坐电梯到大厅，在登记簿上找到了我的名字——有三个人在我之后进来,其中一个已经离开。我在离开时间栏下面写了十点,并祝那个穿棕色制服的老头有个愉快的夜晚。

"都一样。"那老头说,"晚上好过还是难过,对我来说都一样。"

我在咖啡馆的门口看到了露丝。这地方已经差不多没人了,吧台边有两个司机,两个刚接完客的妓女坐在后面的卡座里。露丝在她的咖啡杯旁放了几枚硬币,很快走到我身边。"我正担心呢。"她说。

"没什么好担心的。"

"你去了很久。"

"半小时。"

"四十分钟,感觉就好像一小时。怎么样?"

她挽住我的手臂。我边走边告诉她此行的收获。我的感觉很好。我没做什么非常了不得的事情,却很高兴。案情已经开始明朗了,我可以感觉到。这种感觉很棒。

"他住在西五十几街的旅馆。"我对她说,"大概是在哥伦布圆环,靠近体育馆的地方,所以他才没有登记电话号码。我以前没听过这家旅馆的名字,但不会是什么五星级酒店。我想,我们的布里尔先生最近一定过得不怎么样。至少可以肯定他的经纪人很糟糕,他的客户大概都是全国选美比赛的前几名,只可惜那是好几十年前的事了。如果你想在结婚前的单身聚会上来一出从蛋糕里跳出来性感女郎的戏码应该可以找他。现在还流行这种事吗?"

"哪种事?"

"就是女孩突然从蛋糕里跳出来。"

"你在问我?我怎么知道?"

"说得也是。"

"我可没从蛋糕里跳出来,也没参加过单身派对。"

"那你可不会想找马丁做经纪人。不知道布里尔为什么会找上他。他在过去几年接的戏可真不少。你看看,说不定你认识他呢。"

"哦。"她说,"我当然见过他,在电影电视里。"

"对。"

"我一时之间想不出在哪里见过他,但好像连他的声音都分辨得出来。他演过——一时之间想不出他演过什么——他演过——"

"《中间人》,"我提醒她,"还有詹姆斯·加纳和尚恩·威尔森。"

"对。"

"那为什么他现在混得那么差?他的名字只有名和姓,他的经纪人还有中间名呢。但他住在对面的低级旅馆里,跟罪犯厮混,为什么?"

"你明天碰到他,可能要问一问这个问题。"

"还有好多事要问清楚。"

我们走了好一会儿，没说话。她打破沉寂："你以前可能没经历过吧，伯尼，进到别人的办公室却空手出来。"

"我刚开始干这行的时候，只偷了一个三明治。我在罗德尼家，除了一点威士忌和两罐汤之外，也没有碰别的东西。"

"听起来你好像是揭开了人生新的一页。"

"先别这么肯定。我还是顺手牵羊，偷了马丁一点东西。"

"你说照片？我想那不应该算吧。"

"外加八十五美元，那总该算吧。"我告诉她那钱是在抽屉里翻出来的。

"天哪！"她说。

"怎么了？"

"你还真是个贼啊。"

"如假包换，不然你以为我是什么？"

她耸耸肩。"我可能太天真了吧。我始终没有认真想过你是个贼，真的会偷东西。你进到办公室，见到现金就会顺手拿走，对吧？"

对于这个问题，我有很好的答案，但我按兵不动。"会让你觉得不舒服吗？"

"我说不上来。你为什么觉得会让我不舒服？"

"我不知道。"

"我只是有些不明白。"

"我觉得你应该明白。"

"我倒没觉得有什么困扰。"

接下来,我们在路上就很少说话了。过第十四街的马路时,我拉起她的手,她就一直让我牵着,直到我们走到罗德尼公寓的门口,她才把手抽出来拿钥匙。这套钥匙用起来不怎么顺手,花的时间和我不用钥匙差不多。上楼的时候,我把我的想法对她说了,她咯咯直笑。我们爬了三段楼梯之后,她朝四楼的房间走去,试了试钥匙。

"这不符合。"我说。

"啊?"

"这间不符合征兵标准。"

"什么?"

"4F①,是征兵身体标准。我们要去 5R,记得吗?"

"哦,我的天哪。"她的脸有点红,"我还以为这是我那里呢,我家在班克街。"

"你家在四楼?"

"对,是公寓楼里最高的一层。每层楼有四间公寓,比这里宽敞得多。"我们走到楼梯间,开始上最后一段楼梯,"幸好刚才开门的时候里面没有人,否则真是太丢脸了。"

---

① 4F 通常指的是"身体状况不适合服役"。

"你现在可以松口气了。"

在罗德尼的门口,她取出钥匙,停顿了一会儿,又很刻意地把钥匙放回皮包。

"我不知道把钥匙放到哪里去了。"

"行了,露丝。"

"让我看看你不用钥匙开门,你做得到,对不对?"

"对,可是这有什么意义呢?"

"我想看你开锁。"

"别傻了。"我说,"万一有人恰好从这儿经过,看到我在这里开锁,那怎么办?有必要冒这种风险吗?有很多锁很难开,至少麦迪可牌这种锁很难开,可能要跟它纠缠很久。"

"可你以前开过,是不是?"

"是啊,可是——"

"我今天喂过猫了。"我转过身看着她,"以斯帖和末底改,两只猫我都喂过了。"

"哦。"我说。

"今天下午我顺便回去了一趟,把水盆装满,还放了很多猫粮。"

"嗯。"

"看你开锁我会很兴奋。我告诉你,我其实不太知道锁要怎么开。看你开锁,我想……我会……感觉……呃……很热。"

"哦。"

我拿出开锁工具，开始工作。

"我觉得我有点奇怪。"她用手搂住我的腰，纤细的身体贴在我的背上，"我很诡异。"

"可能吧。"我说。

"这让你觉得困扰吗？"

"我想我会习惯的。"我开锁的动作并没有停。

过了好一会儿，她说："我想我没说错，我比我想象得更加怪异、更加淫荡。"她闷哼了一声，极尽诱惑，身体贴得更近了。我的手缓缓地随着她的身体曲线起伏，大腿、臀部，神秘的平原和溪谷。我的心跳逐渐恢复正常了……至少距离正常不远了。我闭上眼睛，听到了街上模糊的交通噪声。

她说："伯尼，你的手真巧。"

"我应该去做外科医生的。"

"哦，你不要停，舒服极了。难怪什么锁都挡不住你，我想你可能连那些工具都用不着呢。你只要用手轻轻摸两下，锁的里面就会变软，为你而开。"

"你真是个奇怪的小东西，对吗？"

"个头有点小是真的。你的手是全世界最棒的。我真希望我的手能和你的一样。"

"你的手也没什么不好啊,宝贝。"

"真的?"

她的手开始动了。

"嘿。"我说。

"怎么了?"

"你知道你在做什么吗,小姐?"

"你觉得我在做什么?"

"在玩火。"

"哦?"

第一次很激烈、很急迫,甚至有些迫不及待。现在我们的动作放慢了,懒洋洋的,很温柔。我们没有听收音机里的音乐,只有街上传来沉闷的交通噪声,但我脑子里响起的却是蓝调和加了弱音器的铜管乐声。到了最后,我说着"露丝,露丝,露丝",闭上眼睛,上了天堂。

早晨,我比她先醒来。一时之间,我觉得好像哪里不对劲。在我闭起来的眼帘后面某处,有睡魔在跃动,我想抓住它,问它叫什么名字。但是,它不见了,抓不着。我躺着没动,深吸了一口气。我转过身,她还睡在我的身边,仅仅因为这一点,我就觉得感激。起初,我就这么躺着,看着她,聆听她均匀的呼吸。然后,我想到有别的事要做,就去做了。

最后，我们俩都起床了，轮流上厕所，穿上昨晚我们匆匆剥下的衣服。她煮了咖啡，烤好了吐司，我们静静坐着吃早餐。

这阵沉默静得很诡异。雷·基希曼那个年轻的伙伴罗伦，会用那根满身是伤的警棍不停地打自己的手掌，说一些含混不清的怪话——可能想到这个让我觉得很诡异。也许是我从她倾斜的脑袋和嘴唇之间，读出了什么。我说不上来到底是什么，可就是觉得不对劲。

我说："到底怎么了，露丝？"

"露丝。"她说。

"啊？"

"《亲爱的露丝》，这是一部戏的名字。"

"宝贝露丝，"我说，"这好像是糖果的名字。"

"露丝，露丝，露丝，你昨晚说够了没有？今早也一个劲地说，够了，到此为止！"

"你昨晚说：'他妈的，我来了。'我可没在早餐时说这种脏话。你既然不喜欢露丝这个名字，为什么不换一个？"

"我很喜欢我的名字。"

"那到底有什么问题？"

"妈的，喂，伯尼，如果你再叫我露丝，我就叫你罗杰。"

"啊？"

"阿米蒂奇先生。"

"哦。"我说。我的眼睛睁大了一点,下巴放松了一点。我又说了一次"哦",这次肯定了许多。她点了点头。

"你的名字不是露丝·海托华?"

"完全正确。"她回避着我的眼神。

"你说你叫罗杰,我知道那不是你的名字。我想我们之间应该公平一点。后来,我们把话说开来了,你告诉了我你是谁,但我已经说自己叫露丝了,不好改口,后来也找不到合适的时机跟你解释。"

"一直到现在。"

"早知道亲热的时候你会在我的耳边叫我的名字,我就会告诉你真名。"

"我明白,好了……"

"什么好了?"

"好了,你到底叫什么名字?想好了啊,得确定在亲热的时候你会听得很顺耳。"

"你这么说很不好。"

"很不好?我现在觉得自己是白痴,在你耳边叫着别人的名字,你还说我很不好?"我把她的身子转过来,盯着她的眼睛。她的眼角凝了一汪泪水。"嘿,"我说,"嘿,没事了。"

她眨眨眼,很生气,但泪水并没有滴下来。她又眨了好几下,用手背把泪水抹去。"我没事了。"她说。

"那就好。"

"我叫艾莉。"

"是艾莉诺的昵称吗?"

"是伊莱恩,但大家都叫我艾莉。"

"艾莉,你姓什么,我想不是姓海托华吧?"

"艾莉·克里斯托弗。"

"很好听的名字。"

"谢谢。"

"这名字和你很配,但是露丝·海托华和你也很配。你到底是谁?我什么也不知道。克里斯托弗是你丈夫的姓吗?"

"不是,我离婚之后就没再冠夫姓了。"

"你前夫姓什么?"

"这有什么意义?"

"我不知道。"

"你在生我的气吗?"

"我为什么要生气?"

"你没有回答我的问题。"

我始终没有回答这个问题,喝掉咖啡站起身来。"我们俩还有事要做呢,"我说,"我要回家一趟。"

"你不知道那边不安全吗?"

我的确不知道,但我不想和她争论。我不相信警察会派人守在我家里,至少在这个时候不会,而且我只要打一个电话就可以判定有没有人在我家执勤。我需要几件干净衣服,如果能把我藏的钱拿在手上,就更妥当了。事情已经有了转机,有了那五千美元,我会更加得心应手。

"有很多事要做。"我说,"你应该回一趟家,把衣服换掉,清理一下,还要喂猫。"

"是要做这些事。"

"猫粮盒空了吧,排泄物也要清一清,垃圾要拿去烧掉。把这些杂事做好,时间就差不多了。"

"伯尼——"

"你真的有猫吧?阿比西尼亚种?名字真的叫以斯帖和阿哈苏洛斯?"

"以斯帖和末底改。"

"你还有很多事我不知道,对吧?"

"没有那么多。我真不知道你为什么那么生气。我只是个偶尔进来给植物浇水的邻居。"

"你没有欠我什么,这是确定的。"

"伯尼——"

"我们在第八大道和五十八街交会处的查尔兹碰头,好吗?"我说,"那里离他住的旅馆只有几步路。你还会来吗?"

"当然会。我会穿得跟我们昨晚约定的一样。什么也没变,伯尼。"

我故意装作没听见那句话,看了看手表。"现在是十点十五分。"我说,"用两小时做我们该做的事,再加上点时间以防万一,这样吧,十二点半在查尔兹碰面,可以吧?"

"没问题。"

我拿起假发和便帽,她走了过来,用发夹替我固定好。我本来想自己弄,但她在帮我的时候,我强迫自己不要动。"如果我一点钟还没到,"我说,"那我就是被逮住了。"

"这不好笑。"

"很多事都不好笑。别忘记锁门,这条街不是很平静。"

"伯尼——"

"我是说真的,这外面是都市丛林。"

"伯尼——"

"什么?"

"小心点。"

"我一直很小心。"我说完便出门了。

11

出租车往上城开去,我心里仍然想着艾莉——但我老觉得她是露丝——不明白自己为什么会那么生气。她是说了几个谎,但那又怎样?她冒着那么大的风险,帮助一个大家认定的谋杀嫌疑人、一个她根本不认识的人。她的预感能力不是很强吗?她跟我在一起时有点保留难道不对吗?也许这就是她不肯说出真名的原因吧。留这么点退路不可以吗?法网恢恢,万一我被捕,就不会连累到她,因为我根本不知道她是谁。

后来,在原始欲望翻搅的时候,她又痛恨这种伪装,于是对我说了她的真实姓名,这样不是就可以恢复正常了吗?

那我的问题到底在哪里?

一开始,我就对她太诚实了。对我来说,这还是头一遭。过去我跟女人交往,最注重的就是保密。别的女人只知道我早餐吃什么、穿什么样的睡衣、喜欢用怎样的姿势做爱、花生酱的颗粒是要粗一点还是细一点,她们永远不知道我是做哪一行的。我不是对她们说我正在转行、有点个人积蓄，就是说我是搞投资的。偶尔，如果我和她不是像黑夜中擦身而过的两艘船，我会给自己编个职业，维持一阵关系。有的时候我是帮杂志画插画，有的时候我是神经外科医生、古典音乐作曲家、体育老师、股票操作员或亚利桑那的土地发展规划师。

这些角色我都能扮演得很自如。我也总是对自己说，游戏就得这么玩，因为让对方知道我到底是干什么的，风险实在太大了，但如今，这话却面临了考验。我越是回想跟我交往的女性，越相信她们在知道我是个贼之后，反应会和艾莉一样。大家都以为小偷的日子很刺激，至于道德嘛，大部分女性对此的看法很有弹性。

我不能说出自己的行业，是因为干这行得行事隐秘，我不想让别人看穿我。

可是跟露丝——妈的，是艾莉，这女人的名字是艾莉，她刚告诉我说这两个名字是不一样的——跟艾莉在一起时，我却别无选择。结果，她几乎完全知道了伯纳德·罗登巴尔是怎样的人，而我也知道了对一个女人坦诚相见、没有保留是怎样的滋味。

自始至终，我都在喊她的假名。常骗人的人却被人骗了，这就是我难过的原因吧？对女人撒了这么多年的谎，一旦情势逆转，内心的难堪可想而知。

* * *

我叫出租车停在我家门口，不过不是正门，而是街角供服务人员出入的边门。我拿了一张皱巴巴的五美元钞票——从彼得·艾伦·马丁那儿偷来的——请司机离开。钱，来得轻松，去得容易。

我觉得在光天化日之下开边门的锁，和直接从前门警卫面前进房间一样危险。只可惜我全身的技艺没有施展之地——边门没锁。两个大汉搬了一架小钢琴，正从门里出来。我站在门旁，让他们先过，见他们把那东西搬进一辆没有牌照的小卡车里。不知道他们是地下搬家公司的员工，还是就这么光明正大地偷东西，这也不是不可能，纽约就是纽约。不过，他们在干什么我可管不着。我下到地下室，走进电梯上六楼。目前为止，还没有人注意到我。

还好，长长的回廊里没有人。我三步并作两步冲到自家门口，从口袋里掏出钥匙，准备享受用钥匙开门的奢侈。就在这时，一个念头闪过，不确定该不该按门铃。我把手指伸过去，却倏地又收回了。就算里面有人，听到门铃声也不会应门，只会屏气凝神，打开手铐等着我。

我迟疑了一会儿，低头看看我的手，那只拿钥匙开门的手的指头在发抖。我对自己说太没用了，就叫它别动，它就真的不动了。我不再看我的手，而是看着门锁，确切地说，是看它和我离家之前究竟有何不同。

那道雷布森门锁特有的圆孔，依旧很稳妥地在那里，房东给我的耶鲁弹簧锁也依然在原处,只是我的钥匙却插不进去。我单膝跪下仔细端详,那不是原来的锁。锁的周边有许多刮痕和小洞,那是拆旧锁留下的痕迹。不知道谁装了一道新锁,防止闲杂人等随意进出。

我从雷布森门锁的小孔朝里面望去——这道锁花了我六十美元。公寓里漆黑一片,什么也看不见。我放弃先前的可笑姿势,开我自己的锁。刹那间,我确定了一件事:显然有很多人曾经造访寒舍。警察可能因为找不到会开锁的人,索性把门锁钻开了,不过他们却找来房东,把房东给我的锁打开了。后来的人可没这么客气,也懒得费劲,硬生生把门撞开了。想通了这一点,我便知道屋里好不到哪儿去。

但我还是没准备好,不知屋里究竟是何景象。我闪身进屋,又关上门、打开电灯。我定睛一看,仿佛看到了轰炸过后的德累斯顿[①]。整个屋子被翻过来,又被翻了回去。经过这番折腾,我真不知道房东为什么要在门上加道新锁,就算再进来几个人也不会弄得更糟糕。

我所有的东西都堆在房间的地板上。椅垫也被割开,里面的棉花全都露出来了。书不在书架上,被拿下来抖得七零八落,他们想看看里面有没有东西,然后全部扔在了地板上。铺在地板上的单色地毯也被人移动过,大概

[①] 德国城市,二次世界大战期间遭到盟军的猛烈空袭,整座城市几乎夷为平地。

是掀起来看看里面有没有夹层、地板和地毯之间有没有藏着什么。

天哪，真是一团糟。我是个挺讲究、爱整洁的小偷，说来也没什么了不起，但我很尊重别人的财物，不管是把它们留在原地还是转到自己手上，对它们的敬意都不曾有任何减少。我的访客却如此粗暴，这让我十分恼火。我想找个地方坐下，却没有安身之地。我把一把翻倒在地的椅子——它原来很好看，现在却被划得伤痕累累——翻过来，暂且休息一会儿。

他们到底想干什么？

那些警察当然会来搜我的房间，但也只是想确定我有没有躲在这里，为的是图个心安。他们最多想找一本通讯录，看看我有哪些朋友、常和谁联络。就算我让他们出了很大的丑，他们也不会拿我的公寓出气。显然不知道是谁又进来过，才会把我家翻成这副德行。

为什么呢？

有人在找什么东西。如果来的是精力无处发泄的青少年，现场应该更惨不忍睹，他们也应该会用别的方法凸显"创意"。我非常想相信进来的这批人是以破坏为乐，但仔细一看，却不得不认为他们是来找东西的。

找什么呢？

我一个房间一个房间地看，想琢磨出他们到底要找什么。我最讨厌去的小厨房，现在也是满目疮痍。连意大利食品罐头都算上,这个小房间里也没有什么值钱的东西,他们没有理由浪费时间在这里翻箱倒柜。他们连冰箱里的东西都翻出来了,一塌糊涂是最恰当的形容词。

卧室当然不可能逃过这一劫。我尽可能不去注意屋内的惨状,迂回来到衣橱前。我在橱子里面做了一个夹层,大约有三英尺高、五英尺宽、十五英寸深。除非你很清楚衣橱里有这道机关,否则连建筑师亲自来查看,也不会发觉。我行窃得来的赃物在脱手之前,就放在这里。夹层里面的东西都待不久,但也很少有空着的时候。可是,在我出门的时候,里面没有赃物,只有一本护照、一些别人会收进保险柜的证件。我只想知道侵入的访客搜查得那么彻底,究竟有没有发现这个夹层。

他们当然没放过衣橱,除了把我的衣服全扔到床上,西装外套的衬里和口袋也全都翻了过来。但他们没发现这个夹层,这让我觉得好过一点。我把夹层的外壳揭下来,里面躺着我的护照、高中毕业证书,还有一大堆杂七杂八的东西。我真希望这里面有很多宝贝,让那些搜我房间的人气得半死。

然后我回到客厅,打量我的那堆书。里面至少有一半被撕破或是全毁,我不忍再看,目光游移,最后停在三本书上。它们分别是读书俱乐部寄来的《八月枪手》、吉本[①]

[①] 吉本(Edward Gibbon, 1737—1794),英国历史学家。

三卷本《罗马帝国兴亡史》中的第二卷和《养蜂罗曼史》，我买最后一本是因为书名很有意思。这三本书的好日子好像都过完了，讲养蜂的那本书的封面和书心之间，只有几根线勉强连着，但没关系，我不在乎。我把这三本书拿回卧室，放在镜台上面。镜台空空的，因为我的客人们把上面的东西全扫到了地上，现在要放多少书都可以。

衣橱里有一个小帆布袋。我的皮箱不知道被哪个疯子割得乱七八糟，因为他们想知道里面有没有夹层。但这帆布袋很薄，根本连藏东西的可能性都没有，他们也懒得割了。我把三本书放了进去，从床上和地板上的衣物堆里捡了几件干净的衣服，又拿了接下来几天够用的袜子、衬衫和内衣，一股脑儿塞了进去，拉上拉链——接下来几天的换洗就全靠它们了。然后，我脱掉身上所有的衣服，往地板上的衣服堆里一扔，进浴室冲了个澡。

澡洗得很马虎，因为进门的不速之客把挂帘子的横杆都扯掉了。挂毛巾的横杆也被扯得松脱了。据说有的横杆是中空的，里面可以藏东西。我到现在还是不明白：连屋主都不知道他自己到底藏了什么宝贝，警察或是不明人士把挂毛巾的横杆拔下来，难道就能找着？

没有帘子照样能洗澡，只是水会把地板溅得湿透。外面有很多衣服，只要铺在地上，就可以把水吸干。但我用不着理会地板、衣服甚至整套公寓，因为我不会再和它们有什么瓜葛了。就算我还想，也不能再住在这里了，更何况我根本不想，所以管他呢。

我洗完澡，踢了踢满地的衣物，找了两条干净的毛巾擦身体，然后穿上干净的衣服，再把脚套进最舒服的休闲鞋里。我又往帆布袋里装了些东西：刮胡刀、盥洗用具、一瓶抗花粉过敏的药丸——虽然现在根本不是花粉季节——还有一个我从来没用过、上面没有任何钥匙的兔脚[①]钥匙圈。这玩意儿之前不知道缩在抽屉的哪个角落，闯进屋子里的人把抽屉里的东西全倒了出来，使得我跟它久别重逢。我对自己说，对别人没好处的事，不见得对我没好处。我暂时放下手上的事情，把它从帆布袋中拿出来，放进口袋里，想了想又把我身上的几把钥匙和开锁工具挂在上面。对被砍了腿的兔子来说，这个钥匙圈当然不是什么护身符，却可能为我带来好运。在这当口儿，任何捕风捉影的安慰都聊胜于无。离开之前，我忍不住又回头看了一次，但自己也不明白究竟想要找什么东西。我拿起电话，琢磨着是否有人在窃听，想想又觉得不可能，但我要打电话给谁呢？我挂上电话，找到电话簿，它当然也免不了和公寓里的其他书籍一样被狂抖一阵扔在地上。我把它捡起来，想查伊莱恩·克里斯托弗的电话号码，却找不到。有好几个 E. 克里斯托弗，都不住在班克街。她究竟有没有登记，坦白说，对此我也懒得想，最近懒得想的事越

[①] 美国人认为兔子的后足（rabbit's foot）能避邪并带来好运。

来越多。

我拿起帆布袋,关了灯,开门走进走廊,赫施太太正在外面。

她身上套了一件邋遢变形的家居服,上面的花朵都退色了——是印在上面的花,不是别在身上的。脚上穿的是布拖鞋,灰白色的头发胡乱在脑后盘了一个松松的髻。她右嘴角叼了一根没有滤嘴的香烟,上面约有半英寸长的烟灰。她穿过这件衣服,要不就是穿着另外一件差不多的。我倒是见过她穿很好的衣服,却从没见过她的嘴角没有香烟。她讲话的时候,也是叼着香烟,我甚至怀疑她吃饭的时候肯不肯把香烟拿下来。

"罗登巴尔先生,"她说,"我觉得我好像听到了你在附近活动的声音,不是,我是说我听到有人活动的声音,只是没想到是你。"

"啊,"我说,"的确是我。"

"对啊。"她浅色的眼睛瞄到了我手上的袋子,"要上哪儿去吗?我没有怪你的意思,可怜的孩子,你惹上麻烦了,是不是?这几年来,我们俩隔条走廊住着,谁会想到你这样的好人会是小偷?在这幢公寓里,你从来不惹事,是不是?"

"当然。"

"我就是这么对他们说的,你知道他们在洗衣间里说你什么吗?这幢公寓有好多疯女人啊,罗登巴尔先生。有一天,一个女人脱口而出,像张破唱片似的:'以后睡在床上都不安心。''行了,'我说,'你睡在任何人的床上都安全得很,相信我。'我还对她说,'你什么时候看到罗登巴尔先生伤害过别人?在这公寓里谁被他抢过?谁在乎他在东区做了什么!那里的有钱人早就该遭报应了。'但我说这些话像对牛弹琴一样。"烟灰终于从香烟上落了下来,"我们可不能站在这里。"她放低了声音,"到我那里去,我的炉子上热了一壶咖啡。"

"我真的有急事,赫施太太。"

"你别闹了,再急也不可能连喝杯咖啡的时间都没有。你是从什么时候开始变得这么慌里慌张的?"

我跟着她进了她的房间,好像被催眠了似的。她倒了一杯上好的咖啡给我,在我细啜之际,她按熄了手上的香烟,但马上又点了一根。她一直对我说,我在这幢公寓引起了没完没了的骚动,警察和一些不知道从哪里来的人又是怎么进进出出。

"我没看见他们,"她说,"但他们走的时候把门敞开着。一直到昨天下午,乔治才加了一道新锁在上面。简直像群野兽似的,罗登巴尔先生。除了野兽哪有人会这么野蛮?他们是谁?警察吧?"

"我想不是吧。"

"你知道他们是谁?"

"知道就好了。你没看见他们吗?"

"我连他们在里面都不知道。他们把你家弄得一团糟,你一定以为我听到了,但我只要一开电视,就什么都听不见了。你不知道他们是谁吗? 不会和被你杀的那个人有什么关系吧?"

"我没有杀人,赫施太太。"

她点点头,若有所思,好像信,又好像不信。"说你是小偷,我还相信,"她慢慢地说,"说你杀人,我可不信。警察问我的时候,我也是这么说的。"

"他们找你问过话?"

"整幢楼的人都被盘问过。听着,相信我,我什么也没告诉他们,这可是实话。我对警察没有什么期望。上回我的侄女格洛丽亚被人强暴,他们除了问了她一大堆蠢问题之外,什么也没做。我只对他们说,你是个好人,连只蟑螂都没踩死过。警察? 就算他们的裤子着了火,我也不会告诉他们的。但那警察对我说你撞上弗兰克斯福德——他叫这名字吧?"

"弗兰克斯福德,没错。"

"他说弗兰克斯福德发现了你,你慌乱中失手杀了人。但是,罗登巴尔先生,我觉得你不管多惊惶失措也不会杀人。人不是你杀的吧?"

"真的不是,赫施太太,我也正在追查凶手。"

"你都这么说了。"她对这事好像没什么偏见,"说实话吧,住在东区的都是浑蛋,我根本不在乎你有没有杀人。杀身之祸是他们自找的。这咖啡很好吧?"

"简直不能再好了。"

"煮咖啡绝对马虎不得,真的得花工夫,否则还不如喝洗碗水。你是不是饿了?我忘了问,你想不想吃肉桂卷?"

"我刚吃过早餐,赫施太太,谢谢你。"

"再坐一会儿吧,你急着上哪儿去吗?再喝一杯咖啡,用不着这么急。再喝一杯咖啡会把你喝死吗?坐着!"

我坐着。

"你是个贼,"她说,"不介意我问个私人问题吧。做这行赚得多吗?"

"还行。"

她点点头。"我对住在11-J的人也这么说。我说像你这么清清爽爽、干干净净的人,衣服也体面,脸上总是挂着微笑,讲话客客气气的,他就算是没上班,也该有点什么事做吧。但我这些话说了跟没说一样,然后另外那个女的,吉特,她就说她睡在床上都不安全。罗登巴尔先生,这公寓里的人就是把我的话当作耳边风。"

12

绝大多数进入坎伯兰旅馆的人,不是手里拎个皮箱,就是身旁有个女人。我最特别的是手里拎了个帆布袋,身旁还有个女人。我那个帆布袋很不体面,身旁的女人也一样。她穿着紧身牛仔裤、浅绿色的毛衣,对没戴胸罩的她来说,衣服实在紧得有点过火。她还故意把头发弄得很乱,涂上了深色的唇膏和好几斤重的眼影。反正,她看起来很艳俗。

我登记住宿资料的时候,柜台服务员还从头到脚好好打量了她一下。我登记的名字是班·G·罗帕夫妇,来自堪萨斯市。帆布袋上有个大写的 R 字图样,增强了不少说服力[1]。我放了两张十美元纸币在登记卡上,趁他找钱的时候,艾莉很快把一个信封放在柜台上。服务员好像找了我六块四毛四,然后,他看到了上面有布里尔名字的信封,

---

[1] R 是罗帕(Roper)的首字母。

眼睛眨了眨。"这是哪儿来的？"他糊涂了。

我耸耸肩，艾莉说它早在那儿了。服务员一副无所谓的样子，把它塞进了三〇五信箱。

我们的房号是五〇七。我拿起帆布袋——坎伯兰没有为人提行李的服务人员——艾莉跟着我一道走向电梯，屁股很职业地扭来扭去。电梯里的老人叼着雪茄，一声不吭地把我们送到五楼，让我们自己去找房间。

房间很小，放了床就没多少地方了。那张床看起来颇有风尘之色，使用频繁。艾莉轻轻地坐在床沿，卸掉脸上的浓妆，理了理头发，让它看起来自然些。

"花了那么多工夫，都白费了。"她说。

"你很喜欢这种化装表演？"

"是啊。我看起来像是穿着毛衣的妓女。"

"的确能看出来是哺乳动物，这是我的心里话。"

她狠狠地瞪了我一眼。我到浴室检查了我的假发和便帽。这伪装好像没什么用，赫施太太根本没注意到我的发色变了。

"咱们走。"我说，学着电影明星那样挑了挑眉，"难道你想在这儿赚个二三十吗，小女孩？"

"这里？不。"

"床就是床。"

"这又不是玫瑰花床，真的有人在这种地方做爱吗？"

"那是他们在这儿进行的唯一活动，难道你觉得真有人会在这种地方睡觉?"

她皱了皱鼻子。我提起帆布袋,和她一起出了房门。我们在查尔兹打过电话,确定了布里尔不在家,但我还是敲敲门以防万一。他门口的那道锁我只要两秒钟就可以打开,但结果是根本用不着我的专长。我灵机一动,用我们的钥匙插进去,门竟应声而开。旅馆里常常是一把钥匙适用一系列的房间——比如说三〇五、四〇五和五〇五,就用同一种钥匙——但许多老旅馆房间的钥匙孔松了,差不多的钥匙都可以打开,比例之高,可能会让你大吃一惊。

布里尔的房间比我们那间专做皮肉买卖的要好得多,当然也好不到哪里去,部分地板上有地毯,有的家具只剩下两条腿。我把帆布袋放在椅子上,机械地翻了翻布里尔的衣柜,然后把帆布袋放在地板上,自己坐在椅子里。另外一把有靠背的椅子看起来比较舒服,但艾莉已经坐上去了。

"好了,"她说,"我们终于进来了。"

"是进来了。"

"他什么时候会回来?"

"迟早吧。"

"这么说也没错。你有没有想到带一副牌过来?"

"没有。"

"我想也没有。"

"牌不是小偷的标准配备。"

"你一向独来独往?"

"是啊。他这里也不会有牌吧?很少有人独自在房间里玩牌。"

"没法诈赌。"

"大概不行。如果有地方的话,我真想踱踱步。我想起了我上次演的戏,'这房间还真小……'"

"房间有多小,约翰尼?"

"'小到你得到走廊上才锁得上门。'"

"那么小啊。"

"'房间小得连老鼠都得弯腰驼背。'坦白说我到现在也不明白这句台词是什么意思。房间小和老鼠弯腰驼背有什么关系?"

"你好像不太能体会比喻的趣味。"

"可能吧。"

她笑了。"你是个好人,无论能不能体会比喻的趣味,都是个非常好的人。"

我们说了一会儿话,沉默片刻,又聊了起来。她问这事了结之后,我打算做什么。

"去坐牢。"我说。

"找到真凶之后就不用了。不过,他们会再安个罪名在你身上,对不对?有这个可能吧?"

"不无可能。"

"那这件事了结之后,你会怎么办呢?"

我想了想。"先找个新的公寓,"过了一会儿之后我说道,"我是不能留在原来的地方了,就算那些访客没把那公寓弄得像贫民窟一样,我也待不住了。这下全大楼的人都知道了,全都认识我。我得搬到别的地方,换个名字租个新的公寓。虽然很麻烦,但我能应付得了。"

"你会留在纽约吗?"

"我想会的。我在别的地方会疯的。这是我的家啊,我认识的人、各种关系都在这里。"

"这是什么意思?"

"我知道怎么在纽约做这行买卖。东西偷到了,我知道怎么脱手、谁会收赃、怎么讨价还价。这里的警察认识我,长远来看,这是好事,没什么妨碍,虽然你可能不这么想。反正有很多理由让一个贼留在他习惯的地盘。如果有办法的话,我甚至会避免在曼哈顿以外的地方犯案。有一次我跑到了哈里森,那是在温彻斯特——"

"总之你还要再做贼。"

我看着她。

"我真不明白,"她说,"你要一直开锁偷东西吗?"

"否则呢?"

"我不知道。"

"艾莉,在某种程度上,我觉得你好像以为自己在看电视，想着在影片结束、进广告之前，我会改邪归正。这会让观众高兴，但未免太不切实际了。"

"不切实际吗？"

"完全不切实际。我快三十五了，开锁偷东西是我唯一的专长。我在《简单工艺自己动手》之类的杂志上看到很多的工作机会，比如切肉、剥皮，但对我来说不怎么适合。我不太可能洗手不干，在家里养南美栗鼠，或是在后院种人参。我现在唯一找得到的工作时薪两美元，但就算我耐着性子勉强去做，还是会在赚到十美元之前就拍拍屁股走了。"

"你可以当锁匠啊。"

"哦，是啊，你想会有人愿意发执照给窃贼吗？担保公司跟锁匠打交道的时候，都是把他们当罪犯处理的。"

"你应该可以做点别的，伯尼。"

"国家教过我缝邮件袋、给车牌上色。或许你听了会大吃一惊，但我得告诉你，出了监狱，这两门手艺都派不上什么用场。"

"但你那么聪明、那么能干，随便动动脑筋——"

"我所有的长处，都只能让我做个贼。艾莉，我过得很不错，有些事你好像不明白。我一年只花几个晚上作案，其他时候都可以轻松过日子。这样不好吗？"

"很好啊。"

"我做了这么多年的贼，为什么要改行？"

"我不知道。"

"没有人会改行的。"

说完这段话后,我们就没怎么开口了。时间流逝的速度和漫长的中世纪一样。等待之际,我们隔壁的房间里却生意兴隆。好几次我们听到走廊上有脚步声,屏息静坐,都以为是布里尔回来了。结果,开的却是隔壁的门。没多久,床的弹簧就开始摇了起来,吱吱嘎嘎的,然后,床不摇了,响起走向电梯的脚步声。

"真爱。"艾莉说。

"旅馆能提供这种功能也好。"

"总比在大街上做好一点。最后一对好像有点太匆忙了,是不是?"

"也许男的急着回去上班。"

脚步声终于响起。从电梯走出来的脚步声没有停在隔壁,而是直接停在门前。门后就是我们。我深吸一口气站起来,步履沉稳地移到门边。

来人把钥匙插进锁孔,打开门。没错,是他。韦斯利·布里尔有一对温和的褐色眼睛,但始终不肯迎接我的目光。我张开双手放在腰际,准备在他昏倒的时候抱住他,在他夺门而出的时候拦住他;如果他想动粗,我会毫不客气地在他下巴上揍一拳。

但他只是直勾勾地瞧着我。"罗登巴尔?"他说,"我真是不敢相信。你是怎么找到我的?下面的人没告诉我说你在等我啊。"

"他们根本不知道。"

"那你是怎么——哦,当然,你是个贼啊。"

"每个人都该有点长处吧。"

"那倒是。"

他的声音和说话的态度现在完全变了。鲁尼恩①式的用语不见了,原先会在喉间回荡的声音也没了。语音抑扬顿挫,节奏轻快,这可能是演戏的需要,也可能是因为他是同性恋,也许两者都是。

"伯尼·罗登巴尔。"他说。然后他看了艾莉一眼,脸上的笑意深了一些,伸出手取下头上的褐色软呢帽。"小姐。"他打了声招呼,又把注意力转到我这里,"请让我把门关上。没有理由让附近的邻居、整层楼的买家和卖家参与我们的生意。好了,如果不介意的话,请允许我问一句,你是怎么找到我的?"

"我在电视上看到你了。"

"啊?"

"在一部老电影里。"

"你就认出我来了?"他有点得意,"哪一部?"

---

① 鲁尼恩(Alfred Damon Runyon, 1880—1946),美国记者、作家,曾长期任政治新闻和特写记者。

"《中间人》。"

"是和詹姆斯·加纳演的那一部吧？我在里面演出租车司机。"回忆起往事，他的眼睛里有些朦胧，"没错，那是过去的时光。去年，上帝挺照顾我的，我真的去开出租车了，不是在电影里，是在所谓他妈的真实人生里。"他的手臂前后摆了摆，然后搓了搓肥厚的小手，好像在取暖，"过去的事就让它过去吧，人还是得面对现实，对吧？重要的是她要那个盒子。"

我看着他。

"你不是为了这件事才来找我的吗？那个惹了这么多风波的蓝盒子在哪里？"

"蓝皮盒子。"我说——别问我为什么。

"皮的，蓝皮裹住的，好了，随你怎么说，反正你弄到手了。你杀了弗兰克斯福德，这倒是她没想到的，但就我对她的印象来看，她并不觉得弗兰克斯福德这样的好人应该遭到杀身之祸。不过没关系，她更在意你脱身之前有没有拿到那个盒子。如果你拿到了，她还是很乐意付钱。"

我盯着他，当然，他还是在回避我的目光，眼神和以往一样射向我肩膀的后面。

"喂，伯尼。"他突然笑了起来，"可以叫你伯尼吧？你已经知道我是谁了，我就不再装模作样了。叫我韦斯吧。"

"韦斯。"我说。

"太好了。我以前好像没见过这位小姑娘。"

"好了,韦斯,你又开始演了,是不是?韦斯利·布里尔会说'小姑娘'这样的话吗?"

"你说得一点也没错。"他转向艾莉,很谄媚地鞠了个躬,"韦斯利·布里尔。"

"露丝·海托华。"我说。

"这是我和他之间的小笑话。"艾莉说,"我是伊莱恩·克里斯托弗,韦斯。"

"很高兴认识你,克里斯托弗小姐。"

她告诉他可以叫她艾莉,他则对她说可以叫他韦斯,事实上她已经这么叫他了。他还说没人叫他韦斯利,因为他的全名是约翰·韦斯利·布里尔。他的母亲觉得他很像卫理公会的创始人[①],完全没有想到他最后会变成一个演员。他一进演艺界,就舍弃了约翰这个名字。艾莉说,去掉头一个名字是正确的做法,如果留了个缩写字母,人家会觉得他怪怪的。艾莉举了几个例子,比如 G. 戈登·林迪、E. 霍华德·亨特。韦斯利则列出了 J. 埃德加·胡佛,说这些名字有点不正常。他们俩聊得很热闹,而我只想到 F. 斯科特·菲茨杰拉德,但觉得这个例子好像不符合艾莉的理论。

"韦斯,"我插话了,"我们来这里不是要和你叙旧

---

① 卫理公会的创始人叫约翰·韦斯利。

的。"

"我想也不是。你现在已经陷进去了,是不是?杀了J.弗朗西斯。这真的让她大吃一惊,她不认为你有暴力倾向。我告诉她说这可能是自卫。不过,偷东西时杀人,在法律上这好像不能算是自卫。"

"在法律上叫作一级谋杀。"

"我知道,但这不公平,是不是?不过,现在最重要的问题是你到底拿到盒子没有。"

"盒子?"

"对。"

我把眼睛闭上,想了一分钟。"你根本没有见过那个盒子,"我说,"因为你把盒子的外观描述得很详细,却说不出来它到底是哪一种蓝色。我问你的时候,你也没有胡乱编个答案。"

"我为什么要胡乱编个答案?"

"如果没有那个盒子,你会编一个的。但真的有那么一个盒子,对不对?"

他看着我,前额皱起一条直线,在鼻子的正上方,就和头痛药广告里的大卫·詹森一样。詹森演得很好,让人真的以为他的脑袋里有一只小老鼠在钻进钻出。

"真的有那个盒子。"我说。

"你是说你以为——"

"我正是这么想的。"

"也就是说你没有——"

"没错,我没有。"

"妈的,狗屎。"他恶狠狠地说,好像刚刚真的踩到一坨似的,但突然又想起了有女士在旁边,"对不起。"

她说没关系。

真的有那个盒子。事实上,他真的在潘多拉等了我半天,四千美元就放在他的屁股口袋里。他一个劲地点酒,直到酒吧关门。第二天他才知道出事了。

"你没有杀弗兰克斯福德。"在我叙述了我的经历之后,他这么说。

"也不是你杀的。"

"我?杀人?我根本没见过他。哦,我明白你的意思了。你是说我陷害了你。但如果弗兰克斯福德不是你杀的——"

"就是被别人杀的。因为没有人会用重物打自己的脑袋自杀。"

"我真希望我能多知道些事情,"他说,"但我只是外围的联系人,有很多事我其实并不知道。"

"我明白你的感受。"

"我只是个演员而已,而且星途走得也不顺畅,坏事一件接一件。好不容易把酒戒掉了,谢天谢地,但我现在连台词都记不住。我还是有麻烦,只能即兴演出,就像我这两次见你时这样,根据情境塑造角色,但除非是罗伯特·阿特曼导演的电影,不然你是不可能这样表演的。我没有演出的机会,我现在跟的这个经纪人其实更像个皮条客。"

"我知道,我进过他的办公室。"

"你见到彼得了吗?"

"我进过他的办公室,"我又重复一遍,"但他不在。昨晚,我弄到了你的地址。"

"哦。"他说着又看了门一眼,心里一定在想:难怪这扇门挡不住我们。"现在的问题是,我卷入这件事是因为我是个演员。我以前常演反派,所以她找上了我,雇我去找你偷盒子。我把钱付给你之后,再把盒子交给她。"

"你怎么知道要找我?"

"她跟我说的。"

"是啊。"我说,"她只告诉你说要雇一个小偷,可是你怎么知道我是干这行的?"

他的眉头皱了起来。"她叫我雇用你啊。"他说,"指名要你,伯纳德·罗登巴尔。我是个演员啊,伯尼,我自己怎么会知道谁是贼?我不认识做你们这行的。我常演坏人,但这并不表示我常跟坏人混在一起。"

"哦。"

"我认识一个卖马票的人,但自从外围赌马风行开来之后,我就不知道他的死活了。至于小偷嘛,我只认识一个。"他朝艾莉点点头,"顶多两个,就这样。"

"雇你的那个女人,"艾莉说,"知道伯尼是贼?"

"没错。"

"她知道伯尼住在哪里,长什么样子,对不对?"

"她曾经带我到那附近,把伯尼指给我看。"

"她是怎么认识伯尼的?"

"有本事你们来搜我啊。"

那个叫罗伦的警察可能真的会上去搜他的身。但我只是说:"她叫什么名字,韦斯?"

"我不能说。"

"你确实应该保密。"

"这也就是她要找我的原因。"

艾莉眨了眨眼。"你等一等。"她说,"你不觉得伯尼有权利知道她的名字吗?知道是谁害他到今天这般田地吗?他卷入了一桩跟他没关系的谋杀案,每次出门都得冒很大的风险,现在还被逼得要化装——"

"你的头发,"韦斯利说,"难怪我觉得不太对劲。你染头发了。"

"那是假发。"

"真的?看起来很自然。"

"别废话了。"艾莉说,"你怎么有胆子对我们说那个女人希望对她的姓名保密?"

"她是这么交代的。"

"我不管,你一定要告诉我们她到底叫什么名字,不然——"

"不然你能怎样?"

这话问得有道理,我想。

艾莉皱了皱眉,眼神转过来向我求救。但我的脑子一直在转,好不容易才理出点眉目。布里尔不认识我,也不知道我是个贼。但那女人却指定我去干那件事。她找上布里尔,是因为他是演员,常演下流社会里的人物。她不知道那种人究竟是什么德行,除了我也不认识别的小偷。但她知道我是谁、住在哪里、长什么样子、做什么事为生。

我说:"等一等。"

"你不能就这么放过他啊,伯尼。"

"你等一等。"

"我们好不容易才找上门逮到他,他应该把他知道的事告诉我们,不是这样吗?"

我闭上眼睛。"冷静点,好不好?你先停一会儿。"最后一根倒钩松开了,锁很柔顺、很温和地打开了,像朵花瓣,像个柔顺的少女。我睁开眼睛瞧着艾莉,然后朝韦斯利·布里尔和气地笑了笑。

"他用不着再对我说什么。"我对艾莉说,"他告诉我们说是个女人,这就够了。我什么都明白了,真的。那个女人不认识别的坏人,只知道一个叫伯尼·罗登巴尔的贼。我知道她是谁了。"

"谁?"

"她是不是还住在老地方，韦斯？公园大道，对不对？我一时间记不起地址，但我可以画出那幢公寓的平面图，告诉你我是在哪里被抓的。"

布里尔开始冒汗了。前额上净是一滴一滴的汗珠，他用食指把它们抹去，不是用整只手，这动作很熟悉，我在电影里看过很多次了。

"卡特·桑多瓦尔太太。"我说，"我跟你提过这家人吗，艾莉？当然提过，她先生很喜欢收藏硬币，我垂涎已久。他还收藏了一把枪。他家的门铃坏了，我进去的时候，他太太和他都在家。我跟你提过这件往事吧？"

"提过。"

"我想也是。"我朝布里尔笑了笑，"她丈夫是ＣＡＣＡ的领袖，这不是什么厕所里说的脏话，而是民间反犯罪组织之类的缩写。这里面全都是心智高尚的害虫，他们的诉求从加强街头巡逻的警力到调查政治、司法腐败，无所不包。那浑蛋曾经用一把枪指着我，我想把身上的钱给他以求脱身，却毫无用处。他甚至想控告我行贿，但他不是警察，没有法律规定说不能贿赂平民百姓，至少我没见过有这种法律，不过仔细想想这也很难说，好像什么事情都可以找到法律制裁，是不是？我当然不知道他是ＣＡＣＡ的人，只知道他在华尔街大赚过几笔，他收集的钱币在通货膨胀中更能保值。韦斯，他是不是还在收集硬币？"

韦斯利愣愣地看着我。

"这两个人我记得很清楚。"我说，我很喜欢这种感觉，"他们也应该记得我，韦斯。我被逮捕那天见过他们，被送上法庭那天也见过他们，其实他们是可以不用出庭的。我诚实招供，配合警方调查，希望能得到减刑，实际却没什么效果，原因是卡特·桑多瓦尔不肯配合。后来，一定是有人把他拉到一边去，说如果每个人都和他一样，一定要让所有的罪犯都完成审判的形式，那所有的案子都别想结案。他大概是觉得有必要让司法体系正常运作，好早些让更多的坏人不能在街头游荡。他和他太太出庭看我俯首认罪，然后被送到车牌工厂服刑。我想他亲自出庭可能是因为，他亲自到现场见到正义伸张可以增加他的知名度，而且我觉得他好像也认为这种事很刺激。他对硬币很痴迷，死也不肯原谅我跑进他们家，侵犯了住宅的神圣。"

"伯尼——"

"太太比先生年轻很多。当时她四十岁左右，所以现在应该是四十五岁，长得很好看，不过我觉得她脸上的棱角明显了点，但也许她那时的态度很果决，线条才那么明显。她的头发还是先前那个颜色吗，韦斯？"

"我可没告诉你她叫什么名字。"

"那倒是真的。我希望你能告诉我。她的名字已经在我的舌头尖上了，是叫卡拉、玛拉还是什么？"

"达拉。"

不知道为什么我看了艾莉一眼。她伸直了脖子，好像是故意装作很专心的样子。"达拉·桑多瓦尔。"我说,"对了,这个名字你有印象吗?"

"没有,你以前没提过这个名字。怎么了?"

"没什么。帮我打个电话给她,韦斯。"

"只有她能跟我联络,我是不能打电话给她的。"

"打电话给她,问她要不要那个盒子。"

"盒子又不在你手上,伯尼。"他瞧着我,还是有股邪气,"还是你拿到了?你把我弄糊涂了。你到底偷到那个盒子没有?"

"没有。"

"我想也没有,因为你根本不相信有这么一个盒子。你没偷到手,但你有没有看到它在那里——"

"没有。"

"桌子你检查过没有?那里总该有张桌子吧,顶盖可以伸缩的那种?"

"那倒是有。我很仔细地检查过,但没找到什么蓝盒子。"

"妈的。"这一次他不怎么想跟艾莉道歉了。坦白说,我也不觉得她会在意,我甚至不确定她有没有听到这句话。她的心思好像飞到别的地方去了。

"就是说盒子被他们拿去了。"他说。

"谁?"

"当然是杀弗兰克斯福德的人啊。人不是你杀的,盒子你也没偷到，但有另外的人在你抵达之前杀了人、拿走了盒子，所以事情才会变成这样。"

"打电话给达拉。"

"这是干什么？"

"我知道盒子在哪里了。"我说，"打电话给她。"

13

  她的头发还是金黄色的。或许这些年来她的模样变了不少，但我没有注意到。她依旧苗条、优雅，表情坚毅，举止自信从容。韦斯利跟她通了电话，安排我们在一幢深褐色的公寓大楼里会面，距离我几年前被逮捕的地方只有几条街。她打开门，叫了我的名字，对韦斯利说他不必留在这里。

  "你回去吧，韦斯利。没事的，我和罗登巴尔先生会把问题解决的。"她好像是在叫仆人下去，不知韦斯利心里作何感想，但他还是一声不吭地离开了。韦斯利还没转过身去，她就把门关上了。她锁上门——我想，她顺便把一个贼也锁在里面了——脸上挂着冷淡且高贵的微笑向我致意，还问我要不要喝点什么。我说威士忌就很好，还告诉了她调配的方法。

  她去调酒的时候，我在想艾莉。她突然决定不到达拉·桑多瓦尔这儿来。艾莉看了一眼腕上的手表，说时间比她预想的要晚，嘟囔了几句，说她有个约会快要迟到了。她说她稍后会到罗德尼的公寓和我碰头，然后就走了。等到她赴过她所说的那个约会，喂饱传说中的猫，并组合好她的切割玻璃雕塑，我会再见到她。

在达拉·桑多瓦尔端来饮料之前，我的脑子里闪过几个念头。她喝的褐色饮料比我的威士忌颜色更深一点。她举起杯子，好像在向我敬酒，却想不出什么话跟我说。我第一次看到她露出了不确定的神色。"请。"她说。这次信息明确多了，我们都浅啜了一口。这是上好的威士忌，在我意料之中。

"你这地方很好。"

"这里？这是我向朋友借的。"

"还是住在我们上次碰面的地方？"

"对，没变。"她叹了口气，"我想让你知道我很抱歉发生了这种事。"听起来恐惧的成分多于歉意。"我没想到你也卷进了这么复杂的事情里，本来我只想请你偷点东西罢了。我一直记得那天晚上你打开我家门的情形，技艺精湛——"

"我的技艺是很精湛。一进门就撞见了你们两个。"

"难免会有意外。我想你很合适，事实上，你也是我唯一认识做这行的人。我当然记得你的名字，所以到电话簿里找了一下，果然找到你了。"

"我是登记过。"我承认，"如果取消登记，还得另外付费,我不想浪费钱。你不要什么还得付钱,天底下没这个道理。"

"我没想到弗朗西斯那晚在家。城里有首演活动。"

"首演?"

"一部实验剧。他会先在观众席,然后再到台上和演员一起谢幕。卡特和我都去了,但没见到弗朗西斯,我于是开始紧张。我知道你会进到他的公寓里,但你不清楚他在哪里,不清楚他是去了别的地方,还是待在家里。韦斯利说,杀他的人不是你。"

"我进去的时候,他已经死了。"

"警察——"

我向她简单描述了在弗兰克斯福德公寓里发生的事情。说到我行贿以求脱身的时候,她睁大了眼睛。她丈夫正在发起运动杜绝警察的腐败行为,她根本没想到警察会向小偷收钱。我想一般民众真的不知道我们这个社会是怎么运行的。

"那么他真的是别人杀的?"她说,"我想那不是意外,绝对不是。你在警察进来之前,是不是检查过那张桌子?我看见弗朗西斯把盒子放进桌子里,是深蓝色的,比宝石蓝要深一些,大小跟精装书差不多,也许大些,跟词典差不多。我看见他放进书桌里的。"

"书桌的什么地方?是伸缩桌面底下吗?"

"下面的抽屉里,只是不知道哪一个。"

"没关系,每一个我都检查过。"

"彻底吗?"

"非常彻底。如果盒子在里面,我一定看得到。"

"看来是有人捷足先登了。"即使有化妆品盖着,还是可以察觉她的脸色变白了。她喝了点杯子里的东西,坐回到有针织花边坐垫的扶手椅里。"杀弗兰克斯福德的人把盒子拿走了。"她说。

"我想不一定吧。桑多瓦尔太太,我看到桌子的时候,桌子是锁着的。当然桌子的锁很好开,但也要看有没有必要。"

"杀他的人有钥匙。"

"他为什么浪费时间再把它锁起来?屋里还有一具尸体呢。没理由这么做。他大可把东西翻得乱七八糟,拍拍屁股就走。"我想到了我自己那间残破的公寓。"而且,"我继续说,"有人还在找那个盒子,如果已经得手了,又何必再找?我两小时前回到自己的公寓,那里好像被阿提拉①率领匈奴人冲进去过一样。你跟这事没关系吧?"

"当然没关系。"

"你也有可能再雇个人去干啊。如果确实是你,别不好意思,跟我说,否则我们俩真的在浪费彼此的时间了。"

---

①阿提拉(Attila, 406—453),古代欧亚大陆匈奴人最为人所知的首领和皇帝,史学家称其为"上帝之鞭",曾多次率领大军入侵东罗马帝国及西罗马帝国,并对两国造成极大的打击。

她向我保证说，我的房间被弄成那个样子，跟她没半点关系，我觉得她没有说谎。我想后续的情况跟她没什么关系，盒子多半是把弗兰克斯福德脑子打烂的人拿走的。

"我想我知道盒子在哪里。"我说。

"在哪里？"

"还在原来的地方，弗兰克斯福德的公寓里。"

"你说你看过了。"

"我只检查过那张桌子，没看过别的地方，全部注意力都放在你说的桌子上了。再仔细找找，应该找得到。你看到他放进桌子里，不能代表说盒子永远在那里。也许画后面的墙上有个保险柜，也许他把它换到床头柜的抽屉里了。也可能还在桌子里，只是不在抽屉里而已，这种老式的收缩桌子常常有夹层，也许他出门前顺手把它塞到夹层里去了。我想盒子还在那里，在弗兰克斯福德原来放它的地方，但凶手以为是我拿走了。可是现在那个地方已经被警方贴上封条了。"

"我们该怎么办？"

我的脑子里已经有个主意成形了，正在逐渐加温，我要换个方向试探，看它会不会沸腾。"我这次要知道盒子里是什么东西。"我说。

"这很重要吗？"

"对你来说很重要，对杀弗兰克斯福德的人来说也很重要。单凭这两件事，这里面装了什么也就对我很重要了。里面的东西价值很高吧。"

"只有对我来说才是这样。"

"他勒索你?"

她点点头。

"照片,还是什么别的东西?"

"照片和录音带。他给我看了几张照片,听了录音带的部分内容。"她的身体在发抖,"我知道他不像我爱他那样爱我,但他享受我们在一起的时光。"她站起来,朝窗户的方向走了几步。"我和我丈夫的日子过得很平凡,罗登巴尔先生,几年前我才发现我并不安分。几个月前我遇到了弗兰克斯福德,我们俩有共同的品位和爱好。"她转过身来,"我根本没有想到会被勒索。"

"他想要什么,钱?"

"不是,我根本没有钱。我身上的钱只够雇用你和韦斯利。弗兰克斯福德是希望我能影响我丈夫。你知道他和CACA的人很熟。"

"我知道。"

"有一个叫迈克·迪巴斯的人,不知道他是布鲁克林区还是皇后区的检察官,我总是记不清楚。卡特现在正着手调查的丑闻案,好像就跟这个迪巴斯有关。"

"弗兰克斯福德就是要你劝你丈夫,不要翻迪巴斯的老底吗?"

"对,好像我很有办法似的,其实卡特根本不吃这一套。"

"弗兰克斯福德能得到什么好处?"

"我不知道。我想不出来他到底是从哪里冒出来的。在卡特开始调查这个案子之前很久,我们就在一起了,他好像也不是为了这件事才刻意跟我亲近的。我只知道他跟剧场有点关系,在外外百老汇制作了好几出戏,你知道的,他常在这圈子里混,所以我才认识他的。"

"你也是因为这样才认识了布里尔?"

"是的,但他不认识弗兰克斯福德,也不认识我剧场的朋友,跟他打交道会让我觉得安心点。弗兰克斯福德一定卷入了一些我不知道的犯罪活动。"

"他可能是中间人,"我说,"帮迪巴斯补破网。"

"结果他却来修理我。"她走了回来,坐在双人座上,从咖啡桌上拿起香烟盒,抽出一根香烟,用桌上的瓦斯罐点着了。"他一开始跟我亲近,说不定就已经打好主意,别有所图。"她的声音毫无变化,"虽然卡特还没有开始调查迪巴斯的案子,但他知道卡特是谁,只要把我抓在手上,总能派得上用场。"

"你丈夫见过他吗?"

"两三次吧,卡特被请去参加开幕酒会或是聚会之类的时候。我很喜欢剧场,狂热程度跟卡特收集硬币差不多。和这些剧团的人混熟了,你就能享受那种资助别人的快感,由于是自己人,就算花两三百块感觉也很好。总而言之，这是一种花不了多少钱的方法，让你觉得自己正在跟一群创作人一起发挥创意。用这种态度看世界，你会碰到很多很有意思的人，罗登巴尔先生。"

她把我们的空杯子放进厨房。我想她一定在厨房里又给自己倒了一杯喝，因为她出来的时候脸色柔和了很多，态度也放松了不少。

我问她弗兰克斯福德是什么时候告诉她盒子里装着什么东西的。

"大概两星期之前吧，那也不过是我第四次到他住的地方。我们通常在这里。这不是我朋友的公寓，明白吗？是我几年前租的，为的是图个方便。"

"我想这会很方便。"

"没错。"她又点了一根香烟，"当然他也把我带回过他的公寓，所以才会有那些照片和录音带。他那时候是说带我去看他的作品，当然，他已经设计好位置了。"

"他对你说，叫你丈夫不要再调查迪巴斯的案子？"

"对。"

"你无能为力？"

"让卡特放弃CACA正在调查的案子？"她笑了，"你应该记得我丈夫是多么正直不阿的人吧，罗登巴尔先生？你不是想贿赂他吗？记得吗？"

"我当然不可能忘记。你向弗兰克斯福德提过这件事吗？"

"当然。他说他会给我一个机会自己解决,这还是看在我们友谊的分上。"她的牙齿轻轻地颤了颤,"如果我没有办法说服卡特,他就要亲自上门威胁他要散布这些照片。"

"卡特会有什么反应?"

"我不知道,我不确定,他是不会让照片流出去的。卡特·桑多瓦尔的妻子会做出不守妇道的事情?不可能,他绝对不能容忍,他也不可能继续维持我们的婚姻关系,只是我不确定他到底会怎么做。他的反应可能会很激烈,说不定会留封遗书,痛斥弗兰克斯福德和迪巴斯的阴谋,然后跳楼自杀。"

"他会不会想杀掉弗兰克斯福德?"

"卡特?他会杀人?"

"他可能不觉得那是谋杀。"

她的眼睛眯了起来。"我实在无法想象他会做这种事。"她说,"不知道。那天晚上他和我在戏院。"

"整个晚上吗?"

"我们一起吃晚餐,一起开车到城里。"

"你们一刻都没有分开过吗?"

她有点犹豫。"在正戏上演之前,有个暖场的独幕剧,是格列佛·肖恩写的实验剧。你熟悉他的作品吗?"

"不熟,卡特呢?"

"对不起,你说什么?"

"他没赶上暖场戏,对不对?"

她点点头。"他让我先进戏院,自己去停车。开场的时间是八点半,我还有时间在大厅里抽根烟,因此他大概是八点二十分左右送我到戏院的。他没找到车位,就算市中心没人会把车拖走,他也不会把车停在消防栓旁边。他诚实得让人厌烦。"

"所以,他没看暖场戏。"

"如果在熄灯之前没有找到座位,那你只能在剧场的后部看戏。肖恩的暖场戏上演的时候,他不是坐在我旁边,但他说他在后面看了这出戏。然后他在大厅等我,我们碰面的时候是九点或九点十五分。他来不及赶到上城去杀弗兰克斯福德,再回来找我。不可能那么快,对不对?"

我没说话。

"卡特根本不知道弗兰克斯福德的事情。弗兰克斯福德还没有找上他,我知道他没有,他说他在这个周末之前不会告诉我丈夫。卡特要杀人也不会用东西砸,他会用枪。"

"他那门大炮还在吗?"

"在,那把枪太恐怖了,对不对?"

"你不会知道有多恐怖,你又没被人用枪指过。假设一下,也许卡特并没有计划要杀人,但是,弗兰克斯福德把照片拿给他看,他一时冲动,而惯用的枪不在手边,于是——"

我的话只说到这里,因为我觉得那完全没有道理。不只是桑多瓦尔情绪失控这点说不通，弗兰克斯福德也不可能在那种时候穿着那样的衣服，跟卡特见面甚至谈判。而且，就算卡特这样的人也会情绪失控杀人——这已经是不太可能的了——他在事后也应该会向警方自首，接受法律的制裁。

"别理会我刚才的话，"我说，"人不可能是卡特杀的。"

"我也不相信他会杀人。"

"我们还是回到蓝盒子上吧。"我对她说，"我们得把那个盒子拿到手。你想要盒子里的照片和录音带，免得别人拿到了继续威胁你，而我是想要盒子里照片和录音带之外的东西。"

"你觉得里面还有别的东西？"

"一定还有别的东西，对录音带和照片感兴趣的只有你和你丈夫。但是，如果不是你或你丈夫杀了弗兰克斯福德，也不是你或你丈夫去搜查了我的房间，那么一定有另外一群人在找另外一样东西。我们要先弄清楚那是什么东西，才会知道是什么人在找它。"

她好像说了什么，但我没仔细听，我的想法已经成形，在脑子里沸腾。我拿起杯子，但碰也没碰又放了下来。今晚不喝酒了，伯纳德不喝了，他有工作要做。

"钱。"我说。

"在那蓝盒子里？"

"那当然也有可能,但我指的不是这个。你不是还要再付我四千美元吗?有吗?"

"有。"

"在家吗?"

"就在这里,干什么?"

"能不能再凑一点?"

"给我几天时间还能再凑个两三千。"

"没有时间了。你的四千加我的五千是九千。"我的脑子一直在盘算,九千美元是不是一笔让人眼前一亮的横财——九千可能够了。一万应该会更好。"你可不可以动动脑筋,在两小时之内再挤出一千来?"

"应该可以吧。有个人我倒可以问问看。是的,我可以凑一千美元出来。你要用来做什么?"

我打开帆布袋拿出那三本书,把吉本的那本给达拉,自己留着芭芭拉·图希曼的书和那本讲养蜂的书。"每三十页左右,"我一边说一边翻,"你会发现有两页黏在一起,把它撕开,"我还示范给她看,"就会发现里面有一张一百美元的钞票。"

"这些书你是从哪儿弄来的?"

"多半是在第四大道上,除了《八月枪手》,那是每月一书俱乐部寄来的。哦,你以为我是偷来的。不,这是我藏钱的地方。我会偷钱,但书一向自己买。我的书被人从书架上拿下来甩了半天,但这几本书还是守口如瓶,没露我的底。快，如果我们俩一起做，就会快得多。"

"钱拿出来之后呢？"

"我把你的五千和我的五千凑在一起，"我说，"不就是一万吗？我们要用这笔钱进到 J. 弗朗西斯·弗兰克斯福德的家，要混过门卫，打开警察的层层封锁封条。我们现在只求方便，要用这笔钱买通警察送我们进去。"

14

我靠在椅背上,看着雷·基希曼数那沓百元大钞。他数钱的时候没有出声,嘴唇却一直在动,所以很容易知道他数到哪里了。他数完以后说:"一万,没错,你说到做到。"

"那是一万零两百,雷,可能有钞票黏在一块儿了,我这个人很粗心大意。留两张在桌子上吧,我们说好的是一万整。"

"天哪。"他说,但还是放了两张百元钞票在咖啡桌的玻璃桌面上,然后把剩下的钞票整理成很整齐的厚厚一捆。"真是疯了,我从没做过这么蠢的事情,"他说,"这是我做过的最蠢的事情。跟你说实话吧,我根本没听过这么蠢的事情。"

"这也是你这辈子赚得最容易的一笔钱了。"

"我得冒很大的风险,伯尼。"

"什么风险?你有充分的理由和权利再去看看弗兰克

斯福德的住处。你和罗伦是发现这起凶杀案的警察,现在不是正在着手调查吗?"

"这不用你提醒。"

"反正你觉得不太对劲,认为有重新调查的必要,于是你拿起钥匙,申请了一张许可证或是类似的什么东西,和罗伦重回凶杀案现场调查。"

"不过这次不是罗伦。"

"你以前和一只穿蓝制服的瘦猴一起,现在只是和另外一只穿了蓝制服的瘦猴一起,有什么区别?警察都一个样,你也知道。"

"天哪。"

"要不你就把钱放在桌子上——"

他做了个鬼脸。我现在在达拉·桑多瓦尔的公寓里,但我喝的却是速溶咖啡,而不是威士忌。达拉在厨房,躲在两扇漂亮的门板后面。这一万美元里有一半是她的,我想她有权知道我的安排,但她最好不要和雷碰面。如果他想知道这公寓是谁的,就自己琢磨好了。除了"你这地方不错,罗登巴尔"之类的废话,我们其实跟在小餐馆边谈边啃热狗差不多。

"我不知道,"他说话了,"司法单位要缉捕的嫌疑人,还是个杀人重犯——"

"我唯一杀过的东西是时间,我已经跟你说过了。"

"是啊。"

"你也不相信我杀了弗兰克斯福德,对不对?"

"我对这事没有看法,伯尼。无论弗兰克斯福德是被你杀的,还是因为脚指甲内弯而死,你都有杀人嫌疑。"他皱着眉头,在想那段不愉快的回忆。"如果你没杀他,"他说,"为什么要冲撞我然后逃之夭夭呢?让我觉得自己是块拎不起来的烂豆腐。"

"我糊涂了,雷,我吓坏了。"

"是啊,吓坏了。"

"如果我知道弗兰克斯福德死在里面,还不至于吓成那个样子。但我完全愣住了,和罗伦一样,我——"

"罗伦一受惊吓,干脆就昏倒了。如果你是闭着眼睛倒在地毯上,我们就不会觉得你那么有敌意了。"

"下一次我会昏倒的。"

"好。"

"我要到公寓里去找能直接追查到凶手的物证。我没有杀任何人,我要查出来真凶到底是谁。查出来以后,我会把他交给你处理,想想看,你会出尽风头。'经验丰富的警察,识破表相,追出真凶'。这么一来,你说不定可以升为便衣。"

"是啊,便衣。你在告诉我,我和你搞这勾当还能升官?我自己能够破案?这跟我去踩我自己的老二有什么不一样?"

"别这样嘛,你真的可以升官,还外加一万美元呢。"

"别忘了,我还要分给罗伦。"我有点怀疑地望着他,他脸上一副受伤害的表情。"真是进退两难,"他说,"咱们他妈的冒一样的风险。你要戴他的警徽、甩他那根警棍,我的天哪,还要把枪挂在你的屁股后面。如果那浑蛋遇上这种买卖,他也会告诉我的,一起发财。所以五千给他,五千给我。"

"我觉得很公平。"

他看了我半晌,呼出一口气,拍拍沙发上一个厚厚的包袱。"三十八号的长度,"他说,"你要的是这个尺寸,对不对?"

"我就是穿这个尺寸。"

"罗伦比你矮一点,我挑了这套新的来,你最好试试看。"

我解开那个包袱,脱掉身上的衣服,换上蓝色的警察制服和衬衫。没有帽子,看来我得戴罗伦的那顶。我穿好之后,雷帮我检查了一下,拉拉这里,拽拽那里,皱皱眉头,退后两步,耸耸肩,狐疑地摇摇头,然后站到一边去了。

"我不知道。"他说,"你看来不像是个纽约的好警察。"

"只要不侮辱这套制服就行了。"

"还算合身,当然这不是裁缝手工精制的,但你必须相信罗伦那套也好不到哪里去。"

我花了一点时间想象罗伦的模样。"对,"我说,"但他不像我这样,制服好像贴在身上似的。"我拍拍裤子,想拉出一条直线来。"我想我还混得过去。"我说。

"对,"他说,"我想你混得过去。"

他走的时候我还穿着那套警察制服。门关上之后,达拉·桑多瓦尔从厨房里走了出来。她把我从头到脚看了一遍,扬了扬眉毛。

"怎么样?"

"真的很像警察。卧室里有面镜子,你可以照照看。"

看到卧室的天花板上镶着一面镜子,我其实并不意外(还是有点意外,却不肯承认?)。我用门后的镜子照照自己,觉得我的身材还算魁梧。我回到客厅,对达拉说我的确像个警察。

"他把我们的钱都拿走了?"她说,"这样好吗?"

"我想这免不了。跟警察做买卖是不能先付一半,等到事成之后再付一半的。虽然说规矩是这样,但他们不喜欢这一套。"

"他今天晚上到这里来接你?"

我点点头。"二十一点,其实就是九点,但他说我既然已经穿上警服,就应该说警察的术语。"

"你要一直在这里等他吗?"

我摇了摇头。"我要先回城里去一趟我的住处。如果我把他约到那里,会把事情弄得更复杂。我可不想让他知道我住在哪里。"

"如果他没有出现呢？伯纳德，那要怎么办？"

"他会来的。他甚至会很准时地来，免得出状况。他会带罗伦来，然后我就把他的装备一股脑全借过来，警徽、警帽、枪、警棍、手铐之类的破烂东西。罗伦就缩在这里看占星杂志，我和雷则去干那个肮脏勾当。然后，雷会把我送回这里，再把罗伦接回去，这样就大功告成了。"

"但他如果独吞了这一万美元，然后把你丢在脑后怎么办？"

"哦，"我说，"他倒不会这样。"

"你怎么知道？"

"他很诚实。"我说，她不解地望着我，"这世上有很多种诚实。如果雷这样的警察同意跟你做买卖，他会信守承诺的。他就是这种诚实的人。我怀疑他可能会独吞这笔钱，不肯分给罗伦，你没看到他当时那副急得要发疯的样子。虽然干的是见不得人的贪污勾当，他还是会为自己的诚实辩护。什么事那么好笑？"

"我想到卡特，这些话他可能一句都听不懂。"

"他是另一种诚实的人。"

"他当然是。伯纳德，我想我可以再喝一杯，不至于伤害自己，你要不要我给你倒一杯？"

"不用了，谢谢。"

"你确定吗？"

"十分确定。"

"那么再来一杯咖啡?"

我又摇了摇头。她进了厨房,出来的时候手上端了一杯酒。她坐在沙发上细细品尝,把杯子放回咖啡桌的时候看见了上面的两百美元,那是我从雷手上拿回来的。"那是你的吧?"她说。

"我们里面有一个人算错了,桑多瓦尔太太。"

"叫我达拉。"

"达拉。我们一人一张把这笔钱分了好不好?"

这个提议很合理。她收起一张钞票,给了我一张。然后她说:"你说他很诚实——那个警察,但是他多收两百这事又怎么说呢?"

"对啊,我叫他把钱吐出来的时候,他气得要命。"

"这也算是一种诚实吧,对不对?"

"当然。"

现在该换回便装,再把制服打包带回城里了,但此时此刻,我却不怎么想动。我坐在达拉对面的椅子上,看着她轻啜杯中美酒。

"伯纳德,我在想,你这样赶回城里再赶回来,不是很浪费时间吗?而且也会增加风险,因为你要上街啊。"

"我来回都坐出租车。"

"就算这样也很危险。"

"风险不大。"

"你可以留在这里,你知道。"

"我要把袋子放回我住的地方。"

"哦?"

"而且在晚上见雷之前,我要先跟一个人碰头,还要到一两个地方去看看。"

"我明白了。"

我们俩的目光相遇。她的风度异常优雅,而且不仅如此,这个女人简直称得上风华绝代。

"你穿上这制服看起来真是很彪悍。"她说。

"彪悍?"

"很彪悍。抱歉,今天晚上你佩上所有装备的时候,我没法在场陪你。警棍、手铐、警徽和枪都看不到了。"

"你可以想象得出我佩上这些装备的样子。"

"对,我当然可以想象得出。"她夸张地噘了噘上嘴唇,"戏服真的能发挥很大的功能。我常在想,我那么喜欢剧场多半是因为戏服的缘故。我说的不是演员穿在身上的衣服,而是他们一上戏就被包围的那种气氛。"

"你演过戏吗,达拉?"

"哦,没有。我只是业余爱好者,我提过这点,不是吗?你为什么觉得我演过戏呢?"

"你说话的声音好像是舞台上的演员。"

她又舔了舔嘴唇。"戏服。"她说,眼光打量着我身上的制服,"我想我跟你说过,我以前是个平凡守旧的女人。"

"我记得你说过。"

"对,那句话我记得很清楚。"

"对。"

"在性方面也很保守。"

"对。"

"但近几年来,我发现自己不是这样的。我可能也跟你提过这一点。"

"对,你好像跟我提过。"

"我记得很清楚,我跟你提过。"

"对。"

她站了起来,故意摆出一副让我欣赏她妖娆体态的姿势。"如果你穿了制服,"她说,"不管是不是警察制服,或是身上挂了手铐和警棍,我都会觉得你难以抗拒。"

"哦。"

"我们说不定可以做点特别的事情。有点想象力的人都会知道警棍和手铐有什么用途。"

"可能吧。"

"尤其是两个人在一起的时候。"

"非常有可能。"

"不过,你也可能很古板,不适合这样的东西。"

"我没有那么古板。"

"对,我也不觉得你有那么古板。你觉得我很好看吗?"

"很好看。"

"我希望这不是客气话。"

"不是。"

"那很好。当然,我的年纪比你大,你会在意吗?"

"我有什么好在意的?"

"我不知道。真的没关系?"

"没关系。"

她点点头,不知道在想什么。"现在时机还不太对。"她说。

"我现在也没有手铐和警棍。"

"现在是没有,但可以先做个实验。你先亲我一下好不好?"

我们吻得惊心动魄。我们站着,她的手臂围着我的脖子。吻到一半,我把手放在她的屁股上,搂住,还用力捏了一下,她古怪地哼了几声,一阵颤抖。最后,我们还是分开了,她退开两步。

"这件事情结束后,伯纳德——"

"好的,当然。"

"制服和警察的其他装备没有那么重要。"

"是啊,会一样好玩的。"

"哦,还是会一样好玩的。"她又舔舔嘴唇,"我想到浴室洗洗手。你应该换一下衣服,还是就这样进城?"

"我要换衣服。"

她从浴室出来的时候,我刚好换好衣服。她脸上的红潮已退,唇膏也补过了。我又把那顶好笑的假发戴上,再把帽子压在上面。她把大门和公寓的钥匙给我,这样我回来后可以自己开门。我没有告诉她,我不要钥匙也能把门打开。

她说:"伯纳德,那个警察是不是少拿了两百美元?"

"那又怎样?"

"他的损失会和他的搭档对半分吗?"

"我得想一想,"但我最后对她说,"我不知道。"

她笑了。"这个问题很好吧?"

"对,"我说,"这个问题问得真好。"

我回到罗德尼家的时候,艾莉还没到。等她的时候,我又换上警服,只是脚上的鞋子怎么看也不对劲。警察会穿这种软底便鞋吗?他们好像都穿那种方头的硬皮鞋,偶尔也看到尖头的,但他们会穿休闲鞋吗?

我想这没关系,谁会注意我的脚?

我这套警服逗得刚进门的艾莉咯咯直笑,但她这种态度没有损伤我的自信。"你怎么可能是警察?"她说,"你是个贼啊。"

"这两种职业又不完全矛盾。"

"你看起来不像个警察。"

"现在的警察看起来也不像警察啊。"我说,"像雷那样的老手,还有几分过去的神采,但年轻的一代根本没半点样子,雷那个伙伴就是最好的例子。膝盖总是撞到警棍,问我的星座,碰到一点事情就昏倒。我至少和他差不多窝囊吧。反正我只要能混过门卫的眼睛就行了。我会和雷在一起,出面打交道的人是他啊。"

"我想是这样吧。"她说。

"你觉得这个主意不好吗?"

"不是不好,只是你确定那个蓝盒子还在原来的地方吗?"

"如果真的有那个盒子,就一定在原来的地方。我现在知道是谁把我的房间翻成那个样子了,应该就是迈克·迪巴斯办公室里的两个人。前天晚上进到我房间的应该是两个人,我想。那天我站在街角,看到我房间的灯亮了起来,没想到是他们在我家翻箱倒柜。不知道迪巴斯是布鲁克林区还是皇后区的地区检察官,他和弗兰克斯福德也有关联。"

"弗兰克斯福德也威胁他吗?"

"我想没有吧,应该只是帮迪巴斯摆平这件事而已。卡特·桑多瓦尔在调查的案子,牵涉到了迪巴斯身上,所以弗兰克斯福德向桑多瓦尔太太施压,让她劝丈夫罢手。但是,迪巴斯可能怀疑有什么罪证落在了现场,但是他可能不知道罪证放在蓝盒子或是类似的容器里，只知道是在弗兰克斯福德家中，而且绝对不能落在别人手上。于是他派了两个混混去搜我的房间。他既然派人去搜我的房间，盒子就不在他的手上，也不在任何人的手上。"

"凶手呢？"

"呃？"

"那天晚上还有别人去拜访弗兰克斯福德，一个他认识的人，也许是另外一个他正在勒索的人。谁知道他在勒索多少人？说不定所有的证据都放在盒子里面。"

"继续说。"

她耸了耸肩。"也许他和遭他勒索的人见了面，那人要他把证据拿出来。弗兰克斯福德拿给他看了之后，他干脆就把弗兰克斯福德杀了，把他的头打破，拿了蓝盒子像个贼一样跑了。"

"这种行为和凶手的一样。"

"没错。没过多久，你就进去了——你和凶手没在走廊上遇到，实在是个奇迹——同时，有人听到了里面的打斗声，打电话报警。你正忙着翻抽屉的时候，警察进来了，反而抓到了你。"

"那倒有可能。"我表示同意。

"迪巴斯以为蓝盒子还在弗兰克斯福德的公寓里，因为他根本不知道有 X 的存在。"

"谁的存在？"

"X，凶手啊。"我看着她，"电视上都这么称呼不明凶手。"

"我很讨厌把我的人生简化成一个代数符号。"

"那好，你爱叫他什么就叫他什么好了。不能因为迪巴斯以为蓝盒子在你那里，盒子就不可能在第三者的手里啊。你在公寓里找不到，也可能是因为它根本不在那里。"

我有点生气，几个世纪以前伽利略刚开始兴风作浪的时候，当时的人应该就是这样的感受。我说："盒子在弗兰克斯福德的公寓里。"地球是平的，重的东西坠地的速度比轻的东西快，别在我的游行队伍上泼冷水，可恶！

"是有可能，伯尼，但是——"

"凶手可能很慌张，匆匆离开了，根本没找到盒子。也许一开始弗兰克斯福德就没拿盒子给他看。"

"也许。"

"也许弗兰克斯福德把蓝盒子藏在保险箱里，还说不定放在城里银行的保险箱里。"

"也许吧。"

"也许弗兰克斯福德是迈克·迪巴斯杀的。盒子是他拿的，而去搜我房间的人是达拉·桑多瓦尔和韦斯利·布里尔。"

"你不觉得——"

"不，我不觉得。也许布里尔因为记不住台词，索性把弗兰克斯福德杀了，然后把盒子交给卡特·桑多瓦尔放硬币。坦白说，我也不这么想。我跟你说说我在想什么，我想蓝盒子在弗兰克斯福德的公寓里。"

"因为你要它在那里。"

"没错，因为我要它在那里，因为我他妈的是个天才，专靠预感行事。"

"你这辈子行窃还算顺手，不都是因为这个缘故吗？"

从这句话之后，我们俩就闹了起来，压低了声音朝对方吼叫。在我内心的角落里——没有吼叫的那一部分——其实正在琢磨我们到底在发什么神经。我知道我这边是有点性欲的成分在内。我被达拉·桑多瓦尔勾起的欲火并没有熄灭。

最后，我们闹够了，吵得有些无聊，也就停了下来。"我去煮点咖啡，"她说，"还是你想喝点酒？"

"我工作的时候不喝酒。"

"可是你不用工作啊，你有钥匙，还要化身为法律的象征。"

"但根据我的了解，我还是个贼。"

"所以喝杯咖啡应该很合适吧？他会到那里接你吗？你要穿制服到上城去吗？"

"你觉得我这样穿够暖和吗？抱歉，我也不知道要不要换，坦白说制服这样穿上脱下的很麻烦。运气好的话，有人会在我到上城的路上把我拦下来，叫我开枪射击抢匪。"

"或是调查盗窃案。"

"对。而且少了顶警帽,穿着这身制服就是有点不对劲。我想我还是换吧。"

"你脱掉制服之后,"她说,"需要马上穿上便服吗?"

"呃?"

她转过身,慢慢地微笑起来。

"哦。"我说着开始解开制服的纽扣。

15

我比那两个警察到得早,但也只不过早几分钟而已。刚把蓝色的制服换好,门铃就响了。我打开门让雷和罗伦进来。雷的脸色不太好,罗伦的神情则是阴晴不定。雷先进来,大拇指往肩后一指。"那家伙快把我逼疯了,伯尼,"他说,"你向他解释为什么他不能跟我们一起去。"

我看着罗伦,他的眼睛却瞄向我脚上的褐色休闲鞋,倒不是他对这双鞋子有什么意见,而是因为他就是要低着头看地下。"我觉得我也应该去,"他说,"如果出了什么事,怎么办?"

"不会出什么事的,"雷说,"我和伯尼去看个地方,然后离开那里,回到这里,伯尼把装备还给你,你和我回家数钱。你带杂志来了吗?"

"我带了本书。"

"那你就坐在沙发上读书,那张沙发很舒服,先前我坐过。你读书的时候身上还挂着那么多家伙?"

罗伦深深地吸气、吐气，吸气、吐气。"假如出了什么事呢？假如这双子座的人又出怪招呢？你和我在纽约市又隔得天南地北，雷，这该怎么办？"

"弗兰克斯福德的公寓在东区，"我说，"跟这里是同一个区。"

没人搭理我的这句话。罗伦不住地描述各种意外，从交通意外到突然有市民遭到攻击等，不一而足。雷对他说，发生这种情况时三个警察——两个正牌和一个冒牌货——混在一起会更怪，还不如一个真警察和一个假警察的组合好。

"我不放心。"罗伦说，"如果你们想听实话的话，我告诉你们我觉得会有意外。"

"如果你跟来的话，你和伯尼两个人只能一人佩枪、一人佩警徽，对了，还只有一个人有帽子，我的老天。"

"那是另外一回事。我坐在这里，没有警徽、没有枪，天哪，我不知道，雷。"

"门已经锁上了，你坐在空的客厅里，到底要枪干什么？难道你怕蟑螂不成？"

"没有蟑螂，"我说，"这幢公寓很干净。"

"听到没有，"雷说，"这里没有蟑螂。"

"谁怕蟑螂？"

"我以为你怕。"

"我就是没个主意，雷。"

"坐着吧,你这个浑蛋,把装备交给伯尼。伯尼,他也许喝点酒就不会那么紧张了,对不对?"

"对。"

"你这里有酒吗?"

我到厨房去找威士忌,出来的时候,手里除了酒瓶还有酒杯和冰块。"最好不要。"罗伦说,"我正在值勤呢。"

"天哪!"雷说。

我说:"这样吧,我放在这里——如果你要的话,罗伦。"他点点头。我系上他的枪带,还试了试,确定枪很稳妥地插在枪套里,免得它掉出来让大家难堪。我伸手摸了摸身后那块又冷又重的顽铁,真没想到它是那么可怕的东西。"妈的,这玩意儿有没有一吨重啊?"我说。

"什么?枪啊,你会习惯的。"

"屁股后面有块这个东西,想要直着行走都很难,那么重。"

"不用多久你就会习惯的,少了它,你还会觉得像没穿衣服一样。"

我从罗伦那里接过那根被磨得锃亮的黑色警棍,还甩了两下,打在手掌上。这根木头很平滑,打磨得很仔细。雷教我怎么把警棍挂在身上,才不会松松垮垮的老是打到自己的小腿。最后我别上警徽,把帽子戴正。我走到卧室,照了照镜子里的自己,这次我觉得自己真的像个警察了。

帽子当然是关键，但是警徽、配枪、警棍和手铐也在我身上起了微妙的变化，改变了我的态度，让我更适应我扮演的角色。我把警棍从钩子上取下，试着转了转，再把它挂回到钩子上。我一度想把枪从枪套里拔出来，但随即打消了这个念头。我想，我唯一射得到的地方，就是自己的大脚趾。我也创造了一个奇迹，在别警徽的时候竟然没有刺到肉。

我回到客厅，意气风发，一副警察派头，好像已经准备好下令叫哪辆车别挡路、叫交通车流暂停，或是到小餐馆里吃顿霸王餐。雷也注意到了我的变化，他从我的帽子看到脚上的鞋子，缓缓点了点头。"这样可以了。"他说。

就连罗伦都不得不承认："他们是天生的演员。"

"你说贼啊？"

"双子座的人。"

"天哪，"雷说，"我们赶快离开这里。"

坐上警车后，他说："我们现在进去是没问题的。那是犯罪现场，门户封锁起来了，我们要撕掉封条，等出来之后再贴张新的。进出都要登记，所以别搞什么鬼。"

"这是标准程序吗？"

"对。封条是防止闲杂人等随意进出的，当然挡不住想进去的人，但是不撕掉封条，你就没法进去。已经有两三批人进去过了,所以封条也重新贴了好几次。我查过记录。"

"哦?谁进去过?"

"还不是那些人。摄影师和化验室的人在还没上封条之前进去过。没过多久,摄影师又进去了一次,但没有待很长时间。也许是因为第一次的照片拍得不好,也许是因为检察官要他拍别的房间。你根本不知道检察官要把什么东西拿到法庭、要把什么东西当作证物。然后助理检察官也去了一次,可能是想亲身感受一下现场吧,还带了两个凶案组的探员。虽然这是我们辖区里的案子,我们也不可能把案子放给他们办,但他们例行公事,还是得过来看看,也许会发现什么蛛丝马迹和他们正在侦办的案子有吻合之处。然后,可能也是为了类似的原因,不是曼哈顿,而是哈得孙河另一边的地区检察官也派人进来——"

"什么时候的事?"

"我不知道,有什么区别吗?"

"哪里的检察官?布鲁克林还是皇后区?"

"布鲁克林。"

"布鲁克林的检察官是谁?"

"国王郡[①]的检察官是——妈的,我忘记他的名字了。"

"是不是迈克·迪巴斯?"

[①]国王郡(King's County),布鲁克林的别称。

"对了,是迪巴斯。怎么了?"

"他的人是什么时候进去的?"

"谋杀案发生后到今晚之前吧。这有什么问题吗?"虽然在超车,他还是看了我好一会儿。"哪有人他妈的把车停在街道中间的?"他抱怨说,"伯尼,你是怎么想到迪巴斯这号人物的?"

"不是我。我想弗兰克斯福德和他有联系。"

"怎么说?"

我想了一会儿,现在非常确定是谁到我家去了,而且是在搜完弗兰克斯福德的公寓之后。然后呢?然后就没有然后了。如果他是先派人到东六十七街,再派人到西端大道,我的思路还可以理得出来,但就算如此,也不能证明什么。不过,话得说回来,就算是顺序倒过来,也不会毁掉我的推测。

该说的说了,该做的做了,现在唯一重要的变数就是蓝盒子了,不管我能不能找到。

"最后会证明它很重要。"我说,"到底迪巴斯派的是什么人,他们究竟是什么时候进去的?"

"一查记录就知道了。"

"你可以查到吗?"

"现在不行,待会儿当然没问题。"

"它一定在这里。"我说。

"呃?"

"没什么。"

我认识那个门卫。但他不认识我,我想圣诞节的时候一定要意思意思。他替我们开了门——跟前两次他替我开门一样。雷和他聊天的时候,他还拦下了两个面生的人。很明显,上次他放我进去,被狠狠地训了一顿,幸好他们没开除他,我很替他高兴。

他没有再看我。我穿着制服站在雷旁边,谁会注意呢?

我们和一个穿着像教士的人一块儿上了电梯。我觉得他有点怪怪的,我和真警察已经有点差距了,他则更不像教士。连警察都是假的,当然世上的其他事情也不能视为理所当然。我突然想到,教士的衣服对贼来说,倒是个很好的掩护,只要走得快些,没有哪个门卫会想拦你。不过,如果你是在郊区作案就没什么用了,在那种地方最重要的是不要吸引别人的注意。当然,在城里的公寓楼是另外一回事。

在郊外的住宅区,邮差的制服是最理想的。当然,很多人认识专门负责某一区的邮差,但也有专门处理包裹、挂号信或是别的东西的邮差从你身边经过,你就未必认识。

"你在想什么,伯尼?"

"在想生意。"我说。我们在三楼下了电梯,那个举止可疑的教士继续住上。我站在雷的身边,他正在撕封条,然后,他掏出钥匙开门,我则伸出手指按门铃。门铃响了,雷却瞧着我,一脸难以置信的表情。

"这是规矩。"我说。

"警方的封条在门上,你难道认为里面有人吗?"

"你也不能确定吧?"

"神经病。"

"每个人都有每个人的规矩。"我说,"这是我的。"

"天哪。"他挑出一把钥匙,插进钥匙孔。我一眼就看出来不是这把,果然不合。他又试了另外一把,这次可以了。

"你看了也许觉得很好笑,"他说,"用钥匙。"

没多久之前,我用了达拉的钥匙,现在我们用了弗兰克斯福德的钥匙,这两天我唯一闯的空门竟然是我自己的公寓。

"上次我打开这道门,"他说,"门的另外一边有个贼。"

"上次我打开这道门,卧室里面有具尸体。"

"希望今天晚上我们两个还能有新体验。"

他用钥匙顺时针转了半圈,推开门。他说了一句我没听清楚的话,走了进去,摸着开关,打开了灯。然后他转身叫我进去,但我站在原地没动。

"进来啊,"他说,"你在等什么?"

"这门没锁。"

"当然没锁,我刚打开了。"

"你只挑开了弹簧锁,所以钥匙只转了半圈锁就开了,可是这种锁有一个锁死的装置,如果锁好了的话,你要转一圈半才打得开。"

"那又怎样?"

"前一次进来的人,没有用钥匙锁上锁死装置,只是把门带上就走了。"

"那又怎样?也许钥匙在他的搭档手上,而那人去按电梯了,所以那家伙把门带上就算了,也许他根本就没有想到要用钥匙把门锁好。很多人都是这样的,他们才懒得把锁里的什么……锁死装置锁好。"

"我知道,有的时候我可以省下不少时间。"

"反正这公寓也不是他的,反正他要把封条贴在门上,他哪里会管什么装置。别费心思琢磨这个了,伯尼。"

"对。"我说。我拼命回想,想抓到记忆里阴暗深处那细微、快速的一瞬。"我按过那个锁钮。"我说。

"你说什么?"

"我上次进来,除了关门之外,还把门把上的锁死装置转了过去。这样的话,你就可以在里面把锁死装置扣好。"

"那又怎样?"

"你和罗伦用门卫给你的钥匙进来的时候,你应该先转一整圈打开锁死装置，再转半圈挑开弹簧锁，这才能把门打开。"

"随你怎么说吧。"雷说，他有点不耐烦了，"你随便说说，我就随便听听。伯尼，我根本不记得到底转了几圈才把门打开，特别是我不知道门的另外一边是什么人的时候，我哪里知道是你？这到底有什么关系？不知道你在那里唠叨什么。你说你要进来的，但如果你只是站在门边说锁的事情，像个疯子一样——"

"你说得一点也没错。"我说着走了进去，把门带上，转动了门把上的锁死钮。

公寓跟上次看到的没什么不同。如果到我家翻箱倒柜的人真是迪巴斯派来的，那么他一定是派了两个比较和气的人到弗兰克斯福德家来。当然，到我家的那两个是非法入侵，也不可能会有什么记录，但到这里的人可不一样，必须有搜索令，进出也得登记。所以弗兰克斯福德的书都还在书架上，衣服也平整地搁在衣橱和抽屉里。没有人割破他的家具、掀起他的地毯，或是把画从墙壁上拿下来。

这实在很不公平。以替别人解决麻烦和勒索为业的弗兰克斯福德，现在是两手空空撒手西归了，他不可能再读书、穿衣服，甚至不会再住在这个地方了，但这地方却保持得整整齐齐。而我呢，房间里的东西我全都用得着，但他们却这样对待我。

我把这不公平的对待方式强行挤出脑海,集中心思搜寻这个地方。我从卧室开始。地板上的东方地毯——我说不出来到底是哪一种——上有个粉笔画出来的人形,标示尸体的位置。他就躺在左边的墙角,伸开的双腿直抵门边。头所处的位置有一些褐色的痕迹,凌乱的床上也有类似的褐色斑点。

"血?"我说,"一直以为血是红色的。"

"干了之后就是褐色的了。"

"是啊。他被打的时候,一定是先摔在床上,然后才滑到地板上。"

"应该是。"

"报纸上说他是被烟灰缸打死的。烟灰缸在哪里?"

"我还以为是被灯砸死的。你确定是烟灰缸吗?"

"报纸是这么说的。"

"他们消息很灵通。不管是什么,反正一定是被挂上牌子,拿到别的地方去了。谋杀凶器一定会好好收起来的,不可能随便乱丢。它先被挂上牌子,再送到化验室里折腾个半晌,拍上两百多张照片之后,就锁到安全的地方去了。"他清了清喉咙,"就算有凶器在这里,伯尼,我也不可能让你动什么手脚。不能篡改证物。"

"我只想知道证物在哪里。"

"我想你也猜得到。"

我从他身边走过，从床边走到一幅画前面。画面上是一座破旧的农舍，画框看来很笨重。我心里明白，如果这画后面有个保险箱，谋杀案发生以来，起码也被人发现十几二十次了。但我还是移开了画框，画后面依旧是墙。

我说："好笑，怎么说这个人也应该有个保险箱啊，他经常有现金在手上，怎么都不担心？"

"什么现金？他有不动产，有家戏院，伯尼，现金从哪里来？他可能有些戏院的收入，但现在谁会把钱带回家？直接送到夜间银行存起来了。小剧场又不是赚钱多的行业，他哪儿来的那么多现金？"

我想，这有什么好争执的呢？但我还是对他说："这个家伙可不简单，他可能是那种专门出面替人摆平麻烦的人，和很多重量级的政治人物有来往，不过是固定合作还是按件计酬，我就不清楚了。此外，他可能还兼勒索和恐吓。"

"我还以为你不认识他呢。"

"我是不认识。"

"那你怎么知道这么多？"

"他的搭档知道，"我说，"迟早有那么一天，局里面也会知道这些才对。你有没有听说过弗兰克斯福德的秘密生活？"

"没听过，我想也没有人会去查。我们已经知道杀他的人是谁了。这个案子很简单，为什么要浪费时间查这些细节？有分红吗？"

"案子很简单？"我说，声音很空洞。

"伯尼，你能不能说说我们在找什么——"

"不是我们在找什么，是我在找。"

"对，找什么？"

"我知道我在找什么。"

"我能不能知道？"

我再度和他擦身而过，小心翼翼地沿着粉笔画过的痕迹走动，仿佛尸体还在那里似的，地毯上似乎有个不容侵犯的灵魂。我拐进过道，转到浴室里看看。和公寓的其他地方相比，浴室大得吓人。别忘了，在这幢建筑物里，还有成排出租的"鸽子笼"呢。浴缸也很大，四个角还有金属装饰，和新款的脸盆和马桶相比实在是古色古香。我在脸盆里放了点水，又冲了马桶，出去便看到雷的眉毛扬起来了。

"请记住，"我说，"如果罗伦冲水之后没有转错弯的话，我们全都不会在这里。"

"这倒是实话。谁会知道弗兰克斯福德的尸体什么时候会被谁发现？"

"恐怕会过很多天。"

"那就没你的事了，伯尼。就算我们知道你在哪里，又有什么用？我们总不能捏着自己的帽子对我们的长官说，我们抓到了你，但又放走了。更何况，尸体被发现的时候，我们也搞不清楚他究竟是不是在那个晚上被杀的，因为只要时机一过，就很难判断他准确的死亡时间。"

"但是罗伦偏巧冲着他的尸体走了过去。"

我站在浴室的门口，转向卧室，然后再转身退到客厅。我当然可以查查弗兰克斯福德的衣橱里有没有夹层、暗格，但我觉得这不像是他的行事风格。

那张桌子。

我走到桌子旁，轻轻地拍拍它的各个部分。达拉·桑多瓦尔看到弗兰克斯福德从桌子里拿出那个蓝盒子，给她看过里面装了什么东西之后，又把它放回桌子里面。弗兰克斯福德死的时候，桌子还是上锁的。我搜过这张桌子，但这个老古董里有很多夹层，抽屉后面还有抽屉，暗格后面还是暗格。我一开始就是依照人家的指示来查这张桌子，但我搜到一半的时候，雷和罗伦就进来了，现在我终于解开了心中的迷惑。

我拿出那串开锁工具。"坐着，"我对雷说，"要好一会儿呢。"

结果我花了将近一小时的时间，把每个抽屉都抽出来，看看后面到底有没有暗格，再把它们翻过来倒过去地检查。我把桌面卷起来，非常仔细地查看每个角落。结果，我发现的暗格比早餐谷物盒后面能印的小广告还要多。暗格大部分是空的,有一格里面放了一沓维多利亚时代的春宫画,显然是维多利亚时代某个色鬼的珍藏。我把五六本小册子交给雷,他之前一个劲地抱怨弗兰克斯福德书架上的书太严肃,最活色生香的竟然还是上下册皮装的莫特利①的《荷兰共和国之崛起》。

"这好多了,"他说,"如果用当今的语言来写,就更好了。等你想明白这些人找女人到底做了什么,已经没什么趣味了。"

我依旧在细细解剖这张桌子。我拆掉了里面的夹板,心里很清楚是绝对装不回去的,因此觉得很抱歉,但还没有抱歉到要落泪的地步。最后我不得不承认,不管这张桌子里有多少暗格,弗兰克斯福德并没有用它们来放那个蓝盒子。很久以前,他就把盒子拿出来,不知放到哪儿去了。

我退开两步,低头看看桌子,心里却在想要把手洗干净。想要洗手的冲动让我想到了自来水,同时带着我的双腿朝浴室走去。站在那儿重温我的尼亚加拉瀑布印象的同时,我发现我的目光正在研究脚底的镶嵌瓷砖,它们多数是白色及浅蓝色的瓷砖拼成的几何图形,样式复古,每块约一英寸大小,是方形的。我的脑子现在已经想到了撬开瓷砖来看看,我确定我已经濒临崩溃边缘。我冲了马桶,

---

① 莫特利(John Lothrop Motley,1814—1877),美国外交官、历史学家。

洗了手,想找毛巾但没找到,于是在蓝裤子上抹干手,从钩子上取下罗伦的警棍,轻轻拍打手掌,走出厕所。

我没有右转反而左转,沿着罗伦当时的路线前进,走进弗兰克斯福德的卧室。我很快地翻了翻衣橱,结果不出所料,里面只有衣服。

离开卧室的同时,我眼角突然瞄到床柱和地板之间好像有什么小碎片夹在那里。

我跪了下来,仔细检查,脑子转了好几圈,确定它完全符合我的假设。于是我站起身来,不再理会它,慢慢踱回客厅。

在我把最后一个抽屉放回原位的时候,雷说:"他妈的,gamahouche 这个字是什么意思?"

我请他拼出来,想了一会儿后索性把书拿过来自己看。"我想是舔女人那里的意思。"

"我也是这么想,但是有话直说不好吗?"

"时代不同,习惯就不同。"

"妈的。"

我让他沉迷在古代春宫画里,自己在客厅里散步,眼前是一张绿色的摇椅。在我搜查那张桌子之前,曾经坐在那里沉思了好一会儿。我一屁股坐进去,把脚放到脚蹬上,深吸了一口气,试图让自己融入情景。你的名字是 J. 弗朗西斯·弗兰克斯福德，我对自己说，你穿着睡袍——不过，你管它叫起居服——很舒服。你应该到剧场去了，但你的手边却放了一杯酒，膝盖上有本书，嘴里有根雪茄……

"奇怪。"我说。

"什么？"

"这里应该有两个烟灰缸才对。"

"啊？"

"上次这里有一个很重的切割玻璃烟灰缸。"

"他们不是在卧室里找到一个？弗兰克斯福德就是被它砸死的。"

"不是，还有一个烟灰缸，"我说，"在这张桌子这边，和那个谋杀凶器应该是一对。他们为什么把两个烟灰缸都拿走了？"

"谁知道？"

"效率未免过高了。"

"伯尼，我们没有时间了。"

"我知道。"

"你到底找到你要找的东西没有？"

"我找到了一点东西。"

"在桌子里？"

"在卧室。"

"什么？"我迟疑了一会儿，但他也没追究，"也不是你想要找的吧？你到底在找什么？说不定我见过。"

"不太可能。"

"你怎么会知道？"

"蓝盒子。"我说，"蓝皮裹住的盒子。"

"多大？"

"哦，行了，"我说，"不管是多大，你都没有看到过，尺寸对你来说有什么差别吗？"

"你只是说盒子，妈的，从香烟盒到皮箱那么大的都可能叫盒子。"

"大概这么大。"我比了比，"跟一本书差不多。"我想起达拉是怎么对我说的了，"精装书大小，有点像词典，哦，我的天哪。"

"怎么啦？"

"我真是个白痴，"我说，"除此之外，一切正常。"

这次只花了三分钟就找到了，又花了五分钟确定别的皮装书表里如一，真的是书。弗兰克斯福德的蓝盒子是本假书，制作精巧的木盒被伪装成达尔文的《物种起源》，打开之后才知道个中玄机。这盒子其实和那种放在床头装领带夹、袖扣的小盒子差不多，合起来锁上，随手往书架上一放，周围全是真书，鱼目混珠，便没人分得出来。

如果那些笨蛋用搜我房间的手法搜查弗兰克斯福德的

家，保证可以找到这本书。如果他们一本本地把书拿下来，再一本本地抖，他们就会知道有一本根本打不开，机关就在这里。但他们却轻易放过了弗兰克斯福德的公寓。

"你不把它打开吗，伯尼？"

我冷冷地看了他一眼，坐回绿色的摇椅上，他的目光从我的肩膀后面射过来。"你去看你的书，"我说，"我要专心想一想。"

"这样也好。"雷坐回椅子，继续看他的春宫画。我回头瞄了一眼，雷用春宫画遮脸，还是在偷看我，被我一瞪后才埋首苦读。

"再等一等。"我说，"上厕所。"

我拿着蓝盒子走回浴室，进到弗兰克斯福德的房间。这种小的家用保险盒，不管是不是伪装成书的模样，都是最棘手的东西，其难度跟进入一个性冷淡的女人不相上下。这只盒子的皮扣底下有一密码锁，你得对上三组十个数字的号码锁才打得开，否则只有用凿子硬撬了。

我倒没有那么急，而且我不想让它看起来像被强行打开过一样。在把锁打开之前，我把盒子仔细端详了一番，这里敲敲、那里戳戳，然后才打开盒子，看到里面的东西都在，于是把它们放到口袋里。我的警察制服口袋很大，全部放进去也不会凸出来。

盒子清干净了，我回到卧室，用力把床向外拉了一两英寸。那里有个长方形的小东西，之前吸引过我的目光，但我却没拿。移开床之后,看得更清楚了。我用罗伦的警棍把它挑出来,用拇指和食指很小心地夹住它的边缘,放进那个蓝盒子里面。

然后我关上盒子,锁好。

回到客厅的路上,我决定让历史重演一次,狠狠地冲了马桶一下。雷在我们分手的地方瞧着我。

"胃不舒服?"

"大概吧。"

"我自己也很紧张。"他说,"离开这里好不好?"

"好,到我的地方再开这个盒子。"

"我还以为你急着要打开。"

"也没有那么急,"我说,"我想离开这里。我们出来这么久,罗伦一定很不高兴。我们和他一起看看里面有什么东西吧。这里面是什么,我也知道个八九不离十。"

"里面的东西可以让你脱罪吗?"

"可以,"我说,"但有人就要惹上麻烦了。"

我们在离开之前,还大概检查了一下屋内的陈设,确定和我们进来的时候差不多。我对那张漂亮的木桌进行了肆意破坏,幸好损害不在表面上,书架上的书看来也和之前一样。基希曼在门口又加了一道封条,注上日期、时间,还签了名。然后,他故意对我笑了笑,用钥匙把锁死装置转上。

  把这道锁锁好之后,我把心里的最后一块拼图也放到了它应该在的地方。

16

我们回到达拉·桑多瓦尔的小爱巢时,罗伦·克莱默已几近崩溃。我用钥匙开门,罗伦却躲在门后。我们根本没有想到罗伦就在门后,开门的时候重重地撞了他一下。罗伦一声惨叫,却被推门的雷狠狠瞪了一眼。"我真的不敢相信,"他说,"我还以为你坐在沙发上呢。"

"我不知道是你啊,雷。"

"那你就躲在门后?天哪。"

"我很紧张。你们去了那么久,我真的很担心。"

"伯尼得找一个不见了的盒子。看他工作挺有意思,他还把一张桌子给拆了,结果却发现盒子在书架上,就在那里,原来它被弄成一本书的样子了。"

"《被窃的信件》?"

"呃?"

"爱伦·坡,"我说,"一个短篇故事。不是这么回事,罗伦。你说的是把一本书藏在书架上,小说是这么写的。

只是这一次,是一个盒子伪装成了一本书。"

"听起来差不多。"罗伦说,声音显得有点不高兴。

我为罗伦解释这道谜题,雷跑到厨房去给自己弄杯喝的。他回来了,杯里的饮料被他喝了一大口,示意要我打开盒子。

"现在我可以把枪拿回来了吧?"罗伦说,"还有警棍、警徽、手铐和警帽,所有的装备都还给我。我不是针对你啊,伯尼,只是看到我的东西穿戴在别人身上,我就觉得很别扭。"

"这我明白,罗伦。"

"少了它们就好像没穿衣服似的。现在规定下班也得佩枪。你如果知道有多少件抢劫案是下班警员及时阻止的,就会知道为什么上面这样规定了。"

我只想到下了班的警员因争论纽约尼克队和新泽西网队哪个比较强,最终发生开枪互射的悲剧,但我想还是不要说这个比较好,估计说起来不会太愉快。

"盒子。"雷说。

"可不可以先把东西还给我,再开盒子?"

"天哪。"雷说。

我扬了扬手里的盒子。"真的够奇怪了,"我说,"这盒子现在已经没那么重要了。"

雷瞪着我。"这盒子对你来说可值一万美元啊,伯尼,这能说不重要吗?而且你还得靠它摆脱谋杀指控呢。我不想跟你争,就算弗兰克斯福德不是你杀的,但你这一趟的收获可能一毛钱都不值,更别说一万美元了。"

"这话说得也是。"我承认。

"除非证据在盒子里。"

"这盒子是私人物品,"我说,"就好比帮朋友的忙。重要的是让我又进了一趟公寓。雷,当时我不明白,还以为盒子是关键,但进到公寓之后,我找到了我想要的答案。"

"我不太明白。"罗伦说。他好像在期待我变个把戏,蓝盒子掀开,里面跳出只白兔子什么的,"你到底在公寓里找到了什么,伯尼?"

"一开始是发现门没完全锁好,锁死装置没有扣好。"

"哦,我的天哪。"雷说,"我跟你说警察上次只关了门,没把它锁好,难道这也不行吗?"

"这当然可以。但上次我进到弗兰克斯福德的公寓时,记得非常清楚,锁死装置是扣好的。如果只是弹簧钩住,我开起来就应该比较快,但当时我必须让圆柱转一圈半。虽然如此,这也没有花掉我太多的时间,因为我是这行里的顶尖高手——"

"天哪,我们能不听这些废话吗?"

"——先把螺栓松掉,再挑开弹簧锁。我就是这样做的。"

"那又怎样?"

"所以，除非凶手在行凶完毕离开弗兰克斯福德公寓的时候，身上有钥匙而且还肯花时间把尸体锁在里面，否则，就只能是弗兰克斯福德自己转过门把上的按钮，把门给锁死了。但我始终不明白凶手为什么会有钥匙，又为什么肯浪费时间锁门。"

我抓住他们的注意力了，但他们不明白我说这番话到底要干什么。终于，雷缓缓地说："你是说是弗兰克斯福德把他自己锁死在里面，对吗？"

"一点也没错。"

"然后你把他杀了。"

"错。"我用罗伦的警棍轻轻打了打自己的手掌，"明白吗？这我就很有把握了。"我继续说，"因为我很清楚一个事实，我没有杀弗兰克斯福德。在确定了我进门之后他还没有死这件事后，我的思绪豁然开朗。这话的意思就是——我知道是谁杀了他。"

"谁？"

"很明显了，不是吗？"我用警棍指了指，"当然是罗伦，还会有谁？"

我看着罗伦的右手。很有意思，他的手就放在腰际的枪套附近，只是他的枪套现在在我的腰上。他发现我在看他，手赶紧放了下来，脸色微红。

"你是神经病。"他说。

"我不是。"

"这就是双子座典型的行事风格。胡乱扯个弥天大谎,说到哪儿算哪儿,看别人会不会相信。雷,我看我们还是把他抓起来吧,先用你的手铐把他铐住。他已经逃跑过一次了。"

雷沉默了一阵。然后他对我说:"你是刚刚编出来的,是不是?把一些片段胡乱凑起来的吗?"

"不是,我有很确凿的证据。"

"那你为什么还要吊我的胃口?"

"雷,你不要再听那个疯子的话了——"

"闭嘴,"雷·基希曼说。他又对着我加了一句:"说吧,伯尼,我的好奇心被勾起来了,说完吧。"

"好。"我说,"其实很简单,J.弗朗西斯·弗兰克斯福德那晚本来是要参加一出戏的首演的,都说好了,所以我才挑那个时间到他的公寓去。我有内线消息,那人告诉我他那时不会在家。

"他也的确准备要出去了。他身上穿着睡袍,正想换衣服,却发生了意外。我不知道他是中风、晕眩、心脏病发作还是滑了一跤,结果就是他穿着睡袍躺在床上,不省人事。在这个过程里,他可能撞翻了一盏灯或是什么别的东西,噪声惊动了邻居,才会有人报警。这只是插曲。重要的是,他躺在卧室里,昏迷不醒。在我进入公寓的时候,门的锁死装置当然还是扣得好好的。"

"一派胡言。"罗伦说。

"让他说。"雷的声音很冷静,"到目前为止,你都还没说到正题,伯尼。"

"好的。我进到公寓就开始工作了,根本没离开客厅。除了检查桌子,也没有做别的事情,因为盒子应该在里面,而我却没有找到。就在这个时候,你们进来了。我们聊了起来,谈好价码,然后罗伦突然想上厕所。"

"那又怎样?"

"根据他的说法,他进到卫生间,上了厕所,回来的时候转错了弯误闯入卧室,结果发现了尸体。于是,他转身冲回客厅,我们俩正在那里等他。罗伦大叫了一声,脸色突变,昏倒在地。"

"这一幕我们都看到了。伯尼,然后你狠狠打了我一拳,让我像条狗似的趴在地上。"

对于最后的指控,我只能耸耸肩。"罗伦其实一眼就看到弗兰克斯福德了,"我说,"他的眼睛应该很敏锐。如果你从客厅走到浴室,还没到浴室就可以看到卧室里有道粉笔的印记。当然那个时候没有粉笔的印记,不过却有个人在那里,瘫在床上。好奇的罗伦没有上厕所,而是进屋查看。"

"然后呢?"

"他在里面待了好几分钟。这时,弗兰克斯福德突然回过神来。我不知道罗伦认为他是死了,还是昏过去而已,但这不重要,总之弗兰克斯福德突然睁开眼瞪着他,罗伦想也没想就拿起他最信赖的警棍,朝弗兰克斯福德的脑袋打过去。"

"胡说!"罗伦说。他的声音在颤抖,但可能是因为愤怒,而不是因为有什么罪恶感。"他疯了,我为什么要做这种事?"

"为了钱。"

"什么钱?"

"就是弗兰克斯福德睁开他浅蓝色的眼睛看到你之前,你拼命往皮夹里塞的东西。那个时候,钱散了一地,他的身上、地上到处都是钱。"我对雷说,"知道吧,弗兰克斯福德就是那种拿人钱财、替人消灾的中间人,手上握有很多把柄,视需要而用。他当然有银行户头,有保险箱,有藏钱的地方,但他也有很多现金在身上。只要是做中间人的,不管合不合法,身边都会有点现金。我只是个偷东西的小偷,今天晚上还不是拿得出一万美元来?"我觉得没什么理由告诉他们其中有一半不是我的。

"在弗兰克斯福德的公寓里一直没有出现过钱,不在抽屉里,也不在衣橱里。没看到他放在墙上的保险柜里,也没看到他藏在书桌里。大家搜了这么多遍,还包括我今天搜的一遍,唯一没有看到的就是现金。"

"你是说,没看到现金是因为全被罗伦拿走了?"

"胡说八道。"罗伦说。

"不是。"我说,"不知道弗兰克斯福德为什么昏倒,但可以确定的是它来得很快——中风、跌倒,都是一瞬间的事情。我猜先前有人给了他一笔钱,可能要他转给什么人,数目一定很大,他因此才耽搁了去剧场的行程。访客给了他钱之后离开,他把钱拿到卧室,显然在昏倒之前数过一遍。罗伦走进卧室时,里面是一个生死不明的人和满地的百元钞票。"

"这是你的推测。"

"是吗?我的公寓被搜得像是台风过境,雷,每个抽屉都被翻出来、每本书都被抖过了,你觉得搜查能有多彻底,他们就干得有多彻底。不管蓝盒子里有什么东西,都不可能激励他们这么认真。有人知道弗兰克斯福德被杀的时候身上有一大笔钱,谁会知道这一点呢?当然是给他钱的那个人。我想可能是迈克·迪巴斯或是别的跟他有关系的人。反正这钱不是要转给迪巴斯的,就是迪巴斯给弗兰克斯福德,让他用来打点别人的,以防调查的矛头指到他身上。这也解释了为什么不可能是访客杀了弗兰克斯福德,而锁也锁得好好的。那家伙——为了方便起见,姑且认定他是迪巴斯好了——非但没有杀弗兰克斯福德,还留了一大笔钱给他。这笔钱一定不少,在弗兰克斯福德死后,迪巴斯不肯吃这闷亏;也因为数目很大,罗伦才起了杀心,觉得值得干这一次。"

"雷,他疯了,这家伙疯了。"

"我不知道,罗伦。"雷说。

"你是在开玩笑,是不是?"

"我不知道,你一向很爱钱。"

"你的意思是你相信他的胡说八道?"

"你本来就是什么钱都拿的,罗伦。不过你做得那么幼稚,还是让我很惊讶。通常干这行的,需要过一段时间才会伸手拿钱。钱是我们这个体系里的一部分。工作久了,做事便越来越狠辣,拿钱的胃口也越来越大。但是你,罗伦,你一出道就这么贪,拿钱从没手软过。也许白羊座还是他妈的什么星座的本性就是如此,你是我这辈子见过最贪婪的警察。"

"雷,但你知道我从没杀过人。"

"我不怎么确定。"

"行了,雷,你觉得我会用警棍杀人吗?"

我很高兴他自己提到这一点。我甩甩罗伦的警棍,往我的手掌里一拍,声势惊人。"好棒的警棍,又光又滑。任何人看到这根警棍都可以确定它没有被用来打过人,罗伦。"

"我本来就没有啊。"

"你是没有。也没有把它掉在地上、撞到什么东西,更没有用它刮过墙壁。甚至在两天前,你根本还没有用过这根警棍!"我很戏剧化地用警棍指着他,坦白说这有点夸张。"这是新的,对不对,罗伦?全新的,没用过几天。因为旧警棍不能用了。旧警棍被玩得太过火了,经常摔在地上,早就破破烂烂了,表层有很多刮痕和细缝。你知道弗兰克斯福德的血已经渗进去了——除了血,说不定还有皮肉的碎屑——你也知道化验室的人可以查出来,因为你再怎么擦洗也没有办法把罪证洗干净。所以,你干脆就把旧警棍扔了。"

罗伦的嘴张得大大的,但没说一句话。雷从我手上接过警棍,仔细看了看。"还真是粉嫩粉嫩的。"

"雷,看在上帝的分上。"

"他妈的,这是全新的。这不是你平常带的那根,你什么时候换了新警棍?"

"一星期,或者两星期前吧。"

"那是在弗兰克斯福德被杀之前?"

"当然是在窃案发生之前啊,雷——"

"旧的那根有什么不好?"

"我不知道,我只觉得这根警棍轻重很合手。雷——"

"旧警棍被你扔了吗,罗伦?"

"我不知道把它弄到哪里去了。"

"有必要的话,你觉得你找得到吗?"

"我想可以吧。哦,我现在想起来了,那根警棍在我家后院。也许被隔壁的孩子偷去玩了,但说不定还找得到。"

这两个人互相看着，好像我不存在一样。过了好一会儿，罗伦才把目光放低，看着他的鞋子。他穿了一双黑色的旧式皮鞋，擦得锃光闪亮，比我那双褐色的休闲鞋更配笔挺的警察制服。

雷说："马桶。他说他要去上厕所，而我们听到冲马桶的声音之后，没隔几秒钟他就进到客厅了，他哪有时间做那么多事？"

"他是回来的时候才冲水的，雷。他直接走进卧室，回来时顺手冲了马桶。"

"你说这是掩护？"

"没错。"

"是啊，我想这样也行得通。但是烟灰缸又怎么解释呢？弗兰克斯福德不是被烟灰缸砸死的吗？"

"而且还是从客厅飞过去的。"

"这点你怎么解释？"

"你记不记得我曾经问过烟灰缸的事情？我坐在客厅里，身边的桌子上就有一个。那天晚上，那个烟灰缸就在旁边，所以我以为原本是有一对的，化验室不知道为什么把两个都拿走了。其实只有一个烟灰缸，就是我进屋之后见到的那个，也是化验室的人从卧室里拿走的那个。"

"烟灰缸怎么跑到那里去了？罗伦拿的？"

"当然。他先回到客厅演出昏倒的那幕活剧，但仔细想一想，你不觉得他的反应迟钝得有点奇怪吗？当然可能是因为他以前没有见过尸体——"

"他见过几具。"

"那么也许这是第一具和他有关的尸体吧，也许正因如此他的膝盖才有点软，但他还是有办法一直跑到我们面前才昏倒。当然这不是真的。几分钟后，我冲到门外，而你爬起来一个劲地追我，对不对？"

"那又怎样？"

"你出门之后，他还躺在地上，但你前脚出门，他后脚就爬起来，从桌上抓起烟灰缸便往卧室跑，然后就用那玩意儿往弗兰克斯福德的头上砸去。也许他用警棍把弗兰克斯福德打昏了，也许弗兰克斯福德已经死了，但他想制造一个显眼的谋杀凶器。我猜那时弗兰克斯福德还有几口气，但被那么重的烟灰缸狠砸两下，也就完了。然后他就假装清醒，跑到街上，和你一起追捕凶嫌。他把所有的钱捡了起来，拍拍屁股轻松回家了，反正谋杀的重罪已经套在我的脖子上。"

起初我不知道雷·基希曼到底相不相信我说的话，但说到最后一段话时，我想他的疑心完全消失了。我听到了他把枪套暗扣打开的声音，显然他想在需要动手的时候能尽快把枪拔出来。罗伦完全没有注意到这个动作，他好像想冲出去，却一屁股坐在了沙发上。

雷说："到底有多少钱，罗伦？"罗伦没说话，于是他掉过头来问我。

"他迟早会说的,我猜不止两万,实际数目有可能是一倍以上。反正数目很大就是了,所以迪巴斯才想把它弄回来。当然,罗伦要回家数过才知道到底有多少钱,不过单单瞥一眼,他就知道那钱值得他伤人。"

罗伦沉默了很久才说:"我以为他已经死了。"

我们都看着他。

"他躺在那儿和死人完全一样。我想是有人杀了他,除此之外,我的脑子一片空白,而后发现自己开始捡钱,那是不自觉的。我捡得什么都忘了,这时他睁开了眼睛——你知道吗,我以为他死了,他却睁开了眼睛。"

"然后你就用烟灰缸砸过去,让他的眼睛永远也睁不开了?"

"哦,天哪。"罗伦说。

"到底有多少钱?兄弟,两万?四万?"

"五万。"

"五万美元。"雷轻轻地吹了声口哨,"难怪你对今天晚上的买卖没什么兴趣。已经有五万进账了,何必为这一万冒险?更何况这一万还得和我分,而那五万却可以独吞。"

"一半是你的,雷,你以为我不会分给你吗?"

"哦,你还真可爱啊,罗伦。"

"我只是在等一个机会向你解释,我怎么会独吞呢?"

"当然不会。"

"两万五千美元可以净得,不用扣税,雷。天哪,杀人犯就在你身边,这还不明白吗?妈的,他是个贼啊,雷,这不是很简单的事情吗?"

"哦,我明白了,你要我把所有的事情往伯尼身上推。"雷摸了摸下巴,"但是,如果他把刚才那个故事告诉大家,那怎么办?他们无论如何都会来找你查一查的,那不就露馅了,罗伦?"

"他会因为企图脱逃被警方击毙。雷,他不是逃跑过一次吗?而且,他很危险哪。雷,想想那两万五千美元。如果你想多分一点也是可以商量的,雷,你听我说——"

雷揍了他一拳,出手又狠又准,把罗伦的脸揍得歪到一边。罗伦呆呆地站着,手抚着下巴,好像回不过神来,但清脆的声音还在房间内回荡。

"你有权保持缄默。"雷过了好一会儿才说,"你有权……哦,他妈的,说这些废话干什么?伯尼,如果将来出了什么问题,你可得替我作证,我向这浑蛋宣读了他的权利。"

"没问题。"

"我希望这件事情能做得很漂亮。我一直很讨厌这个浑蛋,但还以为他分得出干净和肮脏的差别,分得出拿黑钱和杀人取财的差别。你知道我想干什么吗?我现在想要真凭实据、铁证如山,把这家伙钉死在墙上。如果有那根沾了弗兰克斯福德鲜血的警棍就好了,但我想他已经把它丢进焚化炉烧掉了。"

"你可以把那钱搜出来啊,上面沾了血。"

"他可能已经把钱藏起来了。"他瞪着罗伦,"不过,我想他会告诉我们把钱藏在哪里了。"

"用不着。"

"你这话是什么意思?"

"他没有把五万美元全捡回去,只捡了四万九千九百美元。"

"这话我不明白,伯尼。"

我扬了扬蓝盒子。"我现在还没法打开这个盒子,"我说,"因为我没法破解这个号码锁。但我会想出办法的,我想我知道里面是什么——应该是一张百元钞票,上面有血迹,血迹上说不定还有个指纹。如果弗兰克斯福德在遭到罗伦的攻击之前就已经流血的话,那上面就该是弗兰克斯福德的血指纹。也许他撞到桌灯之后被割伤了也说不定。但我有个预感,上面是罗伦的指纹,这应该是很好的证据吧,你说是不是?"

雷意味深长地看了我半天。"你真的可以猜到盒子里面有什么东西?"

"就算是直觉吧。"

"干脆把盒子打开,我们自己看不就行了?"我打开盒子之后,他说,"美妙,简直太美妙了。你是什么时候变这把戏的?哦,对了,你上厕所的时候,还和罗伦一样故意去冲马桶。真有意思。这张钞票一直在那里，可是化验室的人却没找到？我的天哪。"

"也可能一直都在蓝盒子里啊。"

"呃？我想我一辈子也不会知道蓝盒子里到底有什么，而且也不想知道。我真喜欢盒子里现在装的东西。这枚指纹印得真好。我敢跟你打赌，这是你的指纹，罗伦。血液鉴定也一定会符合，罗伦。"他重重地叹了口气，"你这回可脱不了身了。"

17

"实在太好了,"艾莉说,"真让人想不到,你破了这个案子。"

"没错,我的确破了这个案子。"

"真是厉害。"她伸了伸腿,换个姿势,再用身体压住。她现在穿的衣服跟撞倒花盆那天一样,宽松的白长裤,斜纹棉布衬衫。美丽的容颜也和那天一样,让人心醉。"我不知道你是怎么想出来的,伯尼。"

"哦,我已经跟你说过关键在哪里了。在确定门的锁死装置被扣上之后,谜团就迎刃而解了。刚开始,我以为是弗兰克斯福德在出门之前把门锁好了,但他其实是在卧室里。确定这一点之后,那就只有两种可能性了:不是凶手有钥匙,就是弗兰克斯福德在里面把它锁上的。如果是弗兰克斯福德锁的,那我在公寓里的时候他就没有死,而有机会杀他的,就只有一个人了。"

"罗伦。"

"罗伦。如果罗伦是凶手，那他一定是为了钱，但从头到尾我们都没有看到钱。可是，在这个事件里一定要有钱，否则就说不过去了。"

"你在混进去之后，才想清楚了这一点？"

"我其实更早以前就已经想明白了。我是故意假装等雷在场的时候才知道，这样他才能比较理解我的推理。"

"你的运气真好，居然还能在地板上捡到那张百元钞票。"

我没有回应这句话。其实，就算运气不好，我也想出应变的方法了。我的皮夹里也有一张百元钞票，就是我和达拉各分了的一张。我会在上面点一滴血作装饰，然后再把它放到蓝盒子里；就算我没有找到真的那一张，我也会用假的蒙混。我需要一点东西吸引雷的注意力，让他不要一直想着盒子里原来究竟装了什么东西。而一张沾了血的钞票，应该有足够的戏剧效果，也许是因为心里有这个主意，我才会注意到罗伦没捡到的那一张。这样也好，我至少还能留下一张钞票，不至于血本无归。

艾莉跑到厨房想去倒咖啡。我伸了伸腿，跷到咖啡桌上。我的身体疲倦得要命，内心却极度兴奋。我想躺下来好好睡上六七天，但依照目前的计划，我还得保持六七天的清醒。

现在已经很晚了，大约一点半。罗伦和雷一走出达拉的公寓，我就打了电话给达拉。

按照先前说好的办法,电话响了两声之后就挂掉。没过几分钟,她就打了电话过来。我告诉她找到那个盒子了,照片和录音带在我手上。"你不用担心底片,"我说,"因为全都是拍立得照片。还有一件事,这照片不知是谁拍的,但这人对构图很有研究。"

"你看过了?"

"我总得知道盒子里面是什么东西吧。我总不可能摸一下就知道那是什么吧。"

"我不是说你不该看,"她说,"我只是想知道你的感觉,好玩吗?"

"坦白说,有一点。"我说。

"我想也是,"她说,"带子你听了吗?"

"没有,我不打算听。我想让它成为我们之间永远也不要解开的谜。"

"哦,我们之间还会有未来吗?"

"我希望有。你的壁炉能用吗?还是只是装饰?"

"可以用。只是我和那个壁炉以前倒没有过什么联系。"

"我倒还没有想到这个,我只是想在走之前把照片和带子烧掉。别忘了,盒子里面的东西有一半算是我的。我用光了所有的钱才把它们换回来,我希望它们能尽快消失。"

"这可能是很有意思的纪念品。"

"不行,"我说,"这实在是太危险了,跟在家里放一把装满子弹的枪有什么不同?好处小得看不见,危险却大得要命。我今晚就要它们消失。还有,如果你相信我的话,我不会用这批东西来勒索你,这点请你放心。"

"哦,我信得过你,伯纳德。"

"那套警服,我想就放在这里好了,我不想带到城里去了。"

"这么说也对。"

"手铐和警棍还在我这里,它们的主人走得匆忙,而且可能也没有用了,所以我也放在你这里吧。"

"真好,要不是现在已经太晚了——"

"对,现在已经很晚了,而且我有别的事情要做。我会再和你联络,达拉。"

"那很好,"她说,"我会很高兴的。"

我查出了坎伯兰旅馆的电话号码,找到了韦斯利·布里尔,向他解释整件事的来龙去脉,还跟他说这事已经完美地画上了句号。"你的工作已经完成了,"我说,"这案子破了。我的冤屈也洗刷干净了。我完全没有提到你或是某位太太,请你不要担心。"

"我是有点担心。"他承认说,"你是怎么摆脱的?"

"我运气好。喂,你现在有没有时间?我有两个问题想请教一下。"

他回答了我的问题。然后我们又聊了两三分钟,两人都觉得应该有时间就聚在一起喝杯酒，不过最好别约在潘多拉。接着我们又说了会儿闲话。然后我查到了罗德尼的电话打过去，响到第十五声的时候，接线小姐接过电话，告诉我要怎么样才能找到罗德尼——他还在圣路易——我打过去，他却还没有进旅馆，我想戏还没演完吧。

我换回自己的衣服，把警服放进达拉的衣橱。达拉在衣橱里放了一些很好玩的衣物，有些我还在拍立得照片上见过，但我没有时间好好看。我在客厅里翻了翻照片，抽出其中的一张，剩下的全部往火炉里一放，点着火让它们烧起来，然后又放下录音带。它先闷烧了一会儿，随即发出一股刺鼻的臭味。我把灰烬搅了搅，打开空调，然后离开了。

我叫了辆出租车坐到贝休恩街。指引司机开到那里是件很好玩的事情。下了车，我抬头看着眼前的建筑，四楼一片黑暗。我在大门前看看四楼的电铃，按钮上并没有名字，而按了门铃也没有人回应。我用老办法打开大门，爬到四楼。

四楼的锁很好开。我进去之后，只待了一会儿。大约十分钟之后，我把门关好锁上，爬到楼上罗德尼的房间，艾莉正在里面等我。

现在我们两个在一起，啜着加了威士忌的咖啡，聊着这段曲折的经历。"你现在已经证明你的清白了吗？"她说，"是不是这样？警察是不是根本不会找你问话了？"

"他们迟早还是会想找我去问话的。"我说，"主要是看雷最后决定怎么做。他要罗伦这辈子别再做警察了，在牢里蹲上一段时间；但是，他也会想避免挑起全面的调查，更不会想在庭上跟人作口舌之争。我想他们会在这两者之间找到折中的，用某种杀人罪起诉罗伦。但是，如果他在牢里的时间超过一年，我会很惊讶的。"

"可是他杀了人啊。"

"在法庭上很难证明这一点，否则你得揪出执迷不悟的小偷、收受贿赂的警察、贪赃枉法的地方检察官，还有无数腐败政客。这样事情才能说明白。你可以说，整个体制会为了自己的利益遮盖这件事情。更何况罗伦手上还有五万美元，可以叫别人闭嘴。"

"五万——哦，钱啊。那笔钱现在到哪里去了？"

"这问题问得好。我想这笔钱应该是迈克·迪巴斯的。但是，他怎么才能出面要回这笔钱？我想不会有人肯让罗伦保留这笔钱，不过雷也别想独吞，总要吐出来一部分。真希望我也能分一杯羹。我不贪心，只要能把我的投入补上就可以了。你知道，这次的事情真让我破费不少。一千美元的预付款我给了雷；迪巴斯的手下到我那儿去，把屋子弄得面目全非，造成了好几千的损失；到最后，为了证明我的清白，我连五千美元的私房钱都赔了进去。这样加起来，我的赤字真是吓死人了。"

"那五千美元不能要一点回来吗？"

"想都别想。警察才不会把钱还给小偷呢。在这个世界上，我是唯一连闻一闻这笔钱都没份的人。我得赶紧干一票才行，我现在已经破产了。"

"哦，伯尼，想想你上次去偷东西，结果惹出这场风波。"

"上次是接受人家的委托去偷东西，这次我要做自由工作者。"

"唉，你真是积习难改。"

"这句话说得很好，我就是这样，叫我转性是白费工夫。"

她把咖啡杯放回桌上，身体蜷得更紧了，秀气的脸靠在我的肩膀上。我深吸一口她身上的香气。"实在想不到，"她说，"盒子里面竟然是空的。"

"除了那张百元钞票。"

"在你把钞票放进去之前，里面不是空的吗？"

"是啊。"

"不知道照片到哪里去了。"

"也许根本没有照片，"我试探性地说，"也许他只是口头威胁桑多瓦尔太太，并没有把照片拿给她看。因为，拍照片还需要第三者在场，是不是？可是到目前为止，我们并没有找到第三个人啊。"

"说的也是,不过,我记得你说过他曾经把照片拿给她看。"

"我的印象里是这个样子。但也有可能是他把盒子拿给桑多瓦尔太太看,顺口跟她说盒子里面有证据,让她理所当然地以为里面有照片,产生这个印象。这是有可能的,对不对?"

"我想是的。"

"所以可能根本没有什么照片和录音带。就算有,现在也无从查起了,反正它们已经不见了。"

"跑到哪儿去了?"

"已经化成灰了。我是这么想的。"

"还真悬哪。"

"我想也是。"

"你就这样没事了?这是我最不敢相信的一点,警察从此不会再找你了?"

"哦,他们还是有几个罪名可以起诉我,"我说,"但我和雷谈过,他向我保证说会把所有人摆平,绝对听不到一点反弹的声音。他们可以告我拒捕、非法侵入民宅,不过他们对这种罪不会有兴趣的,更何况要定我的罪,他们还得费上好一番手脚呢。他们已经决定要把这件事掩盖起来了,哪里会需要我的证词。"

"这么说也有理。"

"是啊。"我搂住她,手指在她的肩头游走,"一切都天衣无缝,甚至没有牵涉到你,你与此事完全没有关系。"

沉默让人感到压抑,她的身体在我的手中变得僵硬起来。我一只手放在她的肩上,另外一只取出我在四楼找到的册子。我早就做好了记号,这时就翻到了那一页。

我念道:"我在四年前离婚,找了个工作,却不是很投入。然后我就辞职了,偶尔画画、加工珠宝,最近迷上了着色玻璃——不是大家都在做的那种,是我自己的创意,是不拘形式的三维雕刻形态。我其实不知道自己在这方面到底做得好不好。我的意思是说,也许这只是我的嗜好。如果真是如此,那可就讨厌了,因为我不想要什么嗜好。我要全力以赴地工作,但还没有找到适当的,至少我不认为找到了。"

"可恶,"她说,"你是从哪里弄到这个剧本的?"

"在你的公寓里。"

"这更可恶。"

"就在下面,四楼,其实还挺方便的。我上来之前到你住的地方看了看。我以为你的猫——就是以斯帖和哈曼——会饿,所以想去喂,结果却找不到。"

"是以斯帖和末底改。"

"你根本没有猫,有必要争论它们叫什么名字吗?"我拍了拍那本装订成册的剧本。"《两盏是水路》。"我说，"咱们俩共同的朋友流荡在外，就是为了演这出戏。我刚刚念的这段台词，恰巧是一个叫露丝·海托华的角色该说的。"

"谁告诉你的？"

"韦斯利知道哪出剧里有个角色叫露丝·海托华。但是这个问题我应该一见到他就问的。我告诉他你叫露丝·海托华，他一定觉得很好笑。他可能认为这只是巧合，而你很快就转移话题，说出了你真正的名字。前一天晚上，我们进到彼得·艾伦·马丁的办公室，我胡诌了两句打油诗，说什么一盏是陆路，两盏是水路，露丝·海托华在海的另一边等你，就是保罗·列维尔的那个典故。你却非常激动。你一定觉得我识破了玄机，其实我只是随便说说而已。幸好你那天上午已经跟我说了你的真实姓名。"

"这也不能说明什么，对不对？"她看着我的眼睛，"我只是太入戏，一时无法自拔而已。"

"没有那么简单。"

"可是事情就这么简单。"

"应该复杂得多。没错，你是个演员，所以很容易就融入一个角色之中。我应该更早就看出这点的。昨天你追查布里尔的下落，多么娴熟。你知道该打电话到哪里去——先是第九频道，然后是好莱坞的影视艺术学院和SAG。我连SAG是什么都不知道。我原本以为那只是女人到了一定的年龄就自然而然会出现的生理现象①,但你在和他们说话时却一直在用你们这一行的行话。

"在你们这一行里,多得是三流演员和剧场迷。表面上,弗兰克斯福德是个制作人兼房地产商,但他其实是用很卑鄙的方法在赚钱。我的演员朋友罗德尼曾经说过,租这套公寓很划算,因为房东对演员很好。达拉·桑多瓦尔太太的兴趣也是剧场,弗兰克斯福德就是利用这点勾引她的,而这也是为什么她会想到布里尔,叫他来雇用我。你是个女演员,所以你认识罗德尼。"

"这没错。"

"这只不过是个开头而已,你也是这样认识弗兰克斯福德的。弗兰克斯福德介绍你和达拉认识。但是,你没在城里见过她,也不知道她姓什么。一直到我们混进布里尔的房间,你才听到了她的名字,也知道了这是怎么一回事。那时,你终于明白我们讲了半天的桑多瓦尔太太就是达拉。于是你赶紧推说你先前有约,不能到她住的地方去了。因为她认识你,你当然不能再假装是踢翻花盆的可爱俏女郎。"

"你这话是什么意思?"

"你知道我是什么意思,亲爱的。"我摸摸她的头发,冲她笑了笑,"蓝盒子并不是空的。"

---

① 英文中单词 Sag 也有"下垂"、"松驰"的意思。

"哦。"

我掏出皮夹,拿出刚刚保留下来的那张照片看了一会儿,然后递给艾莉。她只看了一眼就开始发抖,身子很快转过去。

"那是达拉,"我说,"左边的那个——另外一个是你。"

"天哪。"

"我把其他的照片都烧了。还有录音带。你用不着再隐瞒什么了,艾莉,我知道你和弗兰克斯福德的关系非比寻常。我不清楚你是因为剧场的缘故,还是因为向他租房子才认识他的。这幢楼是他的,没错吧?弗兰克斯福德就是传说中对演员好得不得了的好心房东,对不对?"

"对,他是在这幢公寓里碰到我的,不过那时我根本不知道这幢楼是他的。"

"不知道他是用什么方法勾引你的。我不知道,也不想知道,反正我很确定你和达拉在一起做过什么事情。有一天晚上,你在弗兰克斯福德的家里——就是他被杀的那天晚上。"

"你胡说。"

"我当然没有。你听我说,为什么弗兰克斯福德会把自己锁在家里?艾莉,雷·基希曼相信我的解释,但我不相信。我编这个故事是唬弄他的。你那时是跟他在一起的。你有钥匙可以自由进出,不过这绝对不是因为弗兰克斯福德要你为他的植物浇水。你经常和他睡在一起,他就索性给了你一套钥匙。

"你那天晚上和他睡在一起。所以你才会觉得奇怪,说他死的时候为什么穿的是睡袍。你还说,你以为他死的时候是没穿衣服的。因为你离开他的时候,他身上根本没有穿衣服。"我喝了一口咖啡,"我猜我在搜那张书桌的时候,你可能就在公寓里,一听到声音就躲进衣橱或是别的什么地方了。你就这么藏着不动,直到我跑出屋外,那两个警察在后面追我,四下无人时你才离开命案现场。我想只有这个可能,否则你不可能认识我,更不可能知道我躲在罗德尼的公寓里。可这个解释好像还是有漏洞。目前我只能确定,你离开弗兰克斯福德的时候他身上是没有衣服的。但你又是为什么会出现在这里呢?有一件事我不明白,这倒是巧得不能再巧的巧合。你和罗德尼住在同一幢公寓,而我却挑上了他的房间躲藏。但你是怎么知道我在这里,又是怎么认出我来的呢?你一定打了电话给罗德尼,向他借房间,从别的邻居那里拿来了钥匙。但我还是要问,你怎么会认识我的?"

"可恶!"

"我把你保护得很好,艾莉。警察根本不知道你的存在,也没有理由找你。我只想知道到底是怎么回事。"

"你大部分都知道了。"

"我想知道其余的部分。"

"为什么?"她的身子离我远了一点,头转到另外一边,"这有什么区别?我回去过我的日子,你过你的生活。我现在就可以走。里面还有一壶咖啡和一整瓶威士忌,你今晚应该可以过得很好。"

"我想知道来龙去脉,艾莉,在我们离开这里之前。"

她转过头来看着我,带着绿意的蓝眼睛中射出挑衅的光芒。然后,她说:"大部分的过程,你都已经猜出来了。我真不知道该从哪里说起,真的。那天傍晚我是在公寓里面,这点你知道了。他晚上要参加一个首演活动,叫我和他一起去。"

"桑多瓦尔太太也会到那里去啊。"

"这倒没什么关系。我经常见到她,事实上,在弗兰克斯福德给我们拍那张合照之前我还和她说过一两次话,我只是不知道她姓什么而已。我认识好几百个这种只知道名字的人。"

"继续。"

"我到他那里去,跟他上床了。他是个下三烂,伯尼,喜欢操纵别人。我不想跟他上床,到了后来,我也不想跟达拉上床。他是……如果我会杀人的话,一定会杀了他。我尽力做了最好的事情,任他在那里自生自灭。"

"这是什么意思?"

"我们在……我们在床上,他好像心脏病发作还是怎么了,突然喘不过气来,倒在床上。我想他死了,真可怕,但我也感到一阵轻松。"

"但他没死,你知道吗?"

她点点头。"我试过他的脉搏,发现心脏还在跳,他也在缓缓地呼吸。我知道应该打电话叫救护车来。没过一会儿,我就发现我其实是想他死。他在呼吸、心脏在跳,我甚至有一种被欺骗的感觉。我想杀死他,趁他昏迷不醒的时候用枕头闷死他,但我做不到。"

"所以你把他丢在那里不管了?"

"对,我只是……把他丢在那里没管而已。我匆匆忙忙穿上衣服。衣橱里还有好几件我的衣服和别的东西,我把它们放进购物袋,整理好就走了。我想,他是生是死,碰运气吧。我不想叫救护车,把一切留给了命运。"

"你到哪里去了?"

"回家,就是下面的公寓。"

"那是什么时候?"

"我不太确定,七点或七点半吧。"

"那么早?"

"一定是那么早。我们那时还没穿好衣服,可我们必须在八点半赶到剧院参加首演。"

我想了想。"好吧,"我说,"他大概是七点到七点半之间全身赤裸地倒在床上的,大概稍晚一点的时候恢复了知觉。他站起来,找了件睡袍套在身上。他在找你,你却不见了。那笔钱呢?"

"什么钱?"

"罗伦发现的五万美元啊。"

"我不知道有这笔钱。我和他在一起的时候,连钱的影子也没看到。我不知道是谁给了他这笔钱,也不知道他从哪里弄来的。"

"你出门之前是不是锁了门?"

她迟疑了一会儿,点点头。"我不想让任何人进来救他。他不是我杀的,但我可以让他死得容易点。我是不是很坏?伯尼,我觉得我是个坏女人。"

我没有回答这个问题。"那笔钱可能早就在他手里。"我说,"对了,他发现你不见了,又发现你在衣橱里的东西也不见了,就想知道迪巴斯给他或是请他转交的五万美元是不是也被你拿走了。不知道,反正他到他藏钱的地方,一把将钱抓了出来,然后突然觉得有点头晕,于是回到卧室坐在床上,手里还拿着钱。这时,他觉得更不舒服了,想站起来,身体却往侧面倒下,撞翻了一盏灯,发出很响的声音,或许还痛苦地叫了一声,然后又倒回床上。九点我进入公寓,这一切可能刚发生不久,我在翻他抽屉的时候,他又陷入了昏迷。当罗伦进到他房间,开始捡散落在房间里的百元钞票时,弗兰克斯福德大概又恢复成那种正常的睡眠状态。他被罗伦吵醒了,睁开眼睛,罗伦情急之下,用警棍朝他的脑袋敲了下去。弗兰克斯福德那天晚上第三次,也是最后一次闭上了眼睛。雷和我在街上疯狂追逐的时候，罗伦又走了进去，用烟灰缸结果了他的性命。"

"天哪。"

"但是，你怎么又卷进这件事情里来了？你怎么知道我在这间公寓里？"

"我看见你进来的。"

"什么？你不可能跟踪我坐的出租车，而且你也没有理由跟踪啊，是不是？你不是一直都在这里吗？对了，你可以从窗口看到我，你房间的窗户是朝着大街的。但你是怎么认出我来的？"

"我在上城见过你，伯尼。"

"什么？"

"我又回上城去了。我在房间里坐了一会儿，又开始担心他起来。如果他死了——那好，他死了就死了吧。但是，如果他没死，我总得帮帮他吧。我坐出租车回到上城，看可不可以做点什么。下了出租车之后，我在弗兰克斯福德的公寓前面走过来走过去，想鼓起勇气进去。我有钥匙，当然，门卫也会放我进去，因为他认识我。但是如果弗兰克斯福德没死，又发现我私自逃跑，他会气疯的，而如果他已经死了，我真的不想再回到那间公寓里去。天哪，我真的不知道该怎么办。"

"然后你看到我走进公寓？但你不认识我啊。"

"认识你是后来的事情。我看到你冲出公寓，跑得飞快，差点撞到我。你闪了一下，然后就在街角消失了，一两分钟后一个警察跟着冲出来。门卫告诉我说你是个贼，刚才在弗兰克斯福德的公寓里行窃。"

"然后呢？"

"又过了几分钟，另外一个警察也冲了下来。他们说弗兰克斯福德死了，是你杀了他。我不知道到底出了什么事情。于是我又回到这里，躲在房间里不敢出去，我想警方迟早会发现我也脱不了干系。我越想越紧张，只好站在窗口，看警察什么时候会过来。结果我却看到你走了进来，我想这次死定了。我不知道你是谁，也不知道你是怎么找上我的，但我相信你是跟踪我，上门来追杀我的。"

"我为什么要跟踪你？"

"我怎么知道？但是除此之外，你又有什么理由走进这幢公寓？我站在门边，抖得像秋天的树叶，听着你的脚步声慢慢上楼。你走到四楼的时候，我差点吓死了。你走上五楼，我还以为你弄错了地址，过一会儿就会下来。但你一直没有下来，我也想不出到底是怎么回事。最后，我自己爬上楼，隔着两个房间就只听到这个房间有声音，我想一定是你，因为罗德尼根本不在纽约，房间里不会有人。我不知道你在里面干什么。我跑回自己的房间，倒了一杯酒，强迫自己入睡。第二天早上，我买了报纸，想知道事情后来怎样了，你又是谁。"

"然后，你打电话给罗德尼，向他借钥匙？"

"我还发现他认识你。我说我碰到一个叫伯尼·罗登巴尔的人,问他是不是跟我提过这个人。他说有可能,只是不记得跟我提过。他说他和你玩过几次扑克牌。我想,这就是你会挑上这间公寓的缘故吧。"她深吸了一口气,"我决定上来看看。我不知道你是不是杀人了。我想你在进到公寓之前,他可能就已经死了。他死了,是因为我没有替他安排医疗抢救,所以他的死是我的错。但是,报纸上又提到了烟灰缸,我想他还是你杀的。然后,我就见到你了,而且立刻就喜欢上了你,可能陷得比以前任何一次都要深。我和你交往的同时,还是要演戏。一开始,我真的不能告诉你我的真实姓名和住址。因为如果弗兰克斯福德真是你杀的,而我又不想被你牵连的话,最好不要告诉你真名,不要让你知道我是谁、到哪里可以找到我。这样,警察如果抓到你,就不会把我扯进去了。"

"你告诉我你真实的姓名,是因为怕我抓到你的破绽?"

她摇摇头。"不是的,我就是不想听你叫我露丝。我就是很讨厌听到。我们上了床,在那种时候你一直叫我露丝,我实在无法接受。我想,反正你迟早会知道我叫什么,但在那个时候,我就确定人不是你杀的。事实上,我一开始就很确定——"

"又是你那个很准的直觉吗?我知道这件事多少跟你有些牵连。艾莉,没有人的直觉那么准的。你一直那么投入,一定有别的理由。"

"你迟早会知道我的名字的,除非哪一天我在你面前永远消失,但我不想。而且,所有的事情都发生得那么快。"

"对。"

"现在你知道真相了。我们有一次差点就走到我的家了,我掩饰得还可以吧,是不是?"

"后来我还是琢磨出这里面的蹊跷了。"

"我想是吧。"她的目光瞄向近处某个地方,我想我也是吧。沉默逐渐升起,笼罩了我们好一会儿。最后,她开口了。

"怎么样?"她说,"事情的结局还算圆满吧?"

"还可以,不过我的个人财务状况除外。对,你没事了,达拉没事了,而我也不是杀人嫌犯,从这方面来看,这事解决得算是相当漂亮了。"

"你会恨我吧?这是美中不足的地方。"

"恨你?"听到这句话,我真的有点吃惊,"我为什么要恨你?最初你来这里是出于好奇,想确定我是不是来杀你的,这没错,但后来你帮了我很多忙。一开始你的确没说实话,但谁会为了交朋友而冒生命危险呢?"

"伯尼——"

"不,我是说真的,我并不怪你。一开始,你根本不知道我是不是凶手,更何况那时大家都认为人是我杀的。

有所保留没什么不对。后来你帮我那么多忙。如果没有你,我绝对不可能查清真相的;没有你,我说不定连试都不会试。我会去找个律师,请他去和雷打交道,谈出个我能接受的条件,然后我就去自首。我又不是笨蛋,怎么会恨你?"

"哦。"

"说实话吧,"我说,"我其实有些喜欢你。我觉得你有点古怪,但谁又没有一点呢?"

"你知道我和弗兰克斯福德的关系。"

"那又怎样?"

"你看过照片了。"

"那又怎样?"

"你会觉得不舒服吗?"

"不是你认为的那种不舒服。"

"那是哪种不舒服?"

"我的身体有点发烫。"

"哦,我明白了。"

"是啊。"

"哦。"

我托高她的下巴,热吻了很久。然后,她轻轻地叹了口气,挨着我的肩膀,说她不明白事情到了后来为什么会变得那么好笑。"以后会怎么样?"她问。

"世界照常运转,宝贝,你做你的女演员,我做我的小偷。人是不会变的。我们俩的职业都有点不那么体面，但我想我们都会继续做下去的。我们会经常碰面，看看我们以后会怎么发展。"

"这我喜欢。"

我也会再和桑多瓦尔太太碰面，我还要想个法子在不引起达拉疑心的前提下，把她丈夫珍藏的硬币偷个精光。我也得回去把我的房间收拾好，虽然我的邻居现在都知道我是干哪行的，但他们说不定也知道我只在东区作案，那边有钱的浑蛋反正也罪有应得。他们可能不会在乎我是个做贼的。我还是会玩玩扑克牌，偶尔看看棒球，必要的时候出门干活。这样过日子当然不是最好，但谁的生活十全十美？我们是不完美的生物，在不完美的世界过着不完美的生活，只要尽力也就行了。

我把这番道理跟艾莉说了说，但多少保留了一点。我们靠在一起，起初很舒服、很温馨、很安逸，但到了后来，好像就多了点什么。

"我们上床吧。"她说。

我觉得这是个好主意，但首先，我要确定门已经锁好了。

后记 贼的选择

一九七六年一月,我在阿拉巴马州的莫比尔写书。六个月前,我开着一辆又破又旧的福特离开了纽约,目的地是加利福尼亚,但并不急着到达。那时我状态很差,每每开始创作一本新书,写了三四十页就写不下去了。我想不出任何理由来让这些角色继续存在。

在莫比尔的时候,我写了一个窃贼,他遇到了多年前将他逮捕归案的警探。如今他又开始重操旧业,还不幸撞上了谋杀,瞬间就成了头号嫌犯,被迫开始逃亡。他想让那个警探帮他洗清嫌疑。我写了第一章,然后回头看了眼内容,撕了稿子,扔到垃圾桶里,开车到了密西西比州的萨迪斯。别问我为什么。

两个月后我终于到了洛杉矶,住在一个叫魔术酒店的地方。我不知道我该干什么,十五年来我一直以写作为生,现在却写不出东西了。

这时我脑海中有一个声音说,你还可以考虑一下犯罪。

犯罪有很多诱人之处。比如,你不用写简历,不用填表格，不用交税和养老保险。你只需要拿了钱就跑。

万一被抓了怎么办？好吧，这样你就有机会免费吃、穿、住。真的不算最糟糕的人生，不是吗？

嗯……

但是我能犯什么样的罪呢？当然，暴力行凶是行不通的，我不太可能打人，也不想被人打。涉及枪支和尖锐凶器也不行。当然，诈骗也不行，这需要极佳的口才，还得会和人打交道。其实，任何需要和人打交道的职业都不适合我，我那个时候还不太擅长与人交往。

于是我想到了偷盗。进入别人家里，在他们回来之前离开。只需独自工作，还有些值得尊敬的前辈——毕竟，罗宾汉劫富济贫。你能避开一切人际交往，不必对别人开枪，也不会轻易吃枪子儿。

我那会儿是在认真考虑这件事吗？这很难说，我的确尝试学习了如何不用钥匙打开我的旅馆房间，还报废了我的一张信用卡。不算是很严重的损失，那张卡已经很久没能帮我打开任何一扇门了。

然后我想到了我在莫比尔没写下去的那本书，如果我先不管警探，只讲贼的故事，也许会有转机。

所以我就坐在打字机前，看看能写出什么来。

我从来没想过写成文字会看起来这么逗。我当时想着要去偷东西的时候，这个念头在我看来还挺严肃的。但是马上，伯尼的形象就跃然纸上，就像雅典娜从宙斯眉毛里蹦出来的时候那样（好吧，可能和雅典娜不太一样，而且伯尼也不是从眉毛里蹦出来的……）。

我写了三四章，还写了一个大致的剧情梗概。现在只缺书名了，我在校稿的时候想到了一个。我读到伯尼想："不过贼是别无选择的"。然后我抬起头，有点愣神，完全不记得自己写过这句话，但我知道这就是书名了。

我把稿子发给经纪人，他又发给了兰登书屋的李·莱特，就这样我收到了合同，又回去接着写这本书。七月的时候，几个女儿来洛杉矶和我一起过暑假，陪我在魔术酒店住了一个月，八月我们开车回东岸。我们时不时地在各地逗留几天，这样我就有时间接着写书，其中一个地方就是俄亥俄州的耶洛斯普林斯。当时我们住在我朋友史蒂夫和南希·施韦尔纳家。我和他们聊起这本书，说不知道该怎么收尾。"这还不简单吗？"史蒂夫说，然后说了他觉得是谁干的。我想了想，觉得他说得对。

我把女儿们带回纽约，送到她们的妈妈身边，然后在南卡罗来纳州的格林维尔写完了剩下的内容（别问我为什么）。我对这本书还是很满意的，但我从没想过我还会写其他关于伯尼的故事。事实证明，我想得太天真了。

劳伦斯·布洛克
写于格林尼治村
一九九四年七月

Burglars Can't Be Choosers
Copyright © 1962 Lawrence Block
First Published in the United States by Random House, New York, New York. This edition is published in agreement with the author, c/o BAROR INTERNATIONAL, INC., Armonk, New York, U.S.A. through Chinese Connection Agency, a Division of the Yao Enterprises, LLC.
Simplified Chinese edition copyright © 2018 New Star Press
All rights reserved.

图书在版编目（CIP）数据

雅贼全集：精装典藏版：全11册／（美）劳伦斯·布洛克著；王凌霄等译. —— 北京：新星出版社，2018.10
ISBN 978-7-5133-3168-5

Ⅰ．①雅… Ⅱ．①劳… ②王… Ⅲ．①推理小说-小说集-美国-现代 Ⅳ．①I712.45

中国版本图书馆 CIP 数据核字（2018）第 155987 号

午夜文库
谢刚 主持

雅贼全集精装典藏版①

别无选择的贼

（美）劳伦斯·布洛克 著；王凌霄 译

责任编辑：王 欢
特约编辑：郑 雁
责任校对：刘 义
责任印制：李珊珊
装帧设计：周伟伟

出版发行：新星出版社
出 版 人：马汝军
社　　址：北京市西城区车公庄大街丙3号楼　100044
网　　址：www.newstarpress.com
电　　话：010-88310888
传　　真：010-65270449
法律顾问：北京市岳成律师事务所

读者服务：010-88310800　　service@newstarpress.com
邮购地址：北京市西城区车公庄大街丙3号楼　100044

印　　刷：北京盛通印刷股份有限公司
开　　本：889mm×1092mm　　1/32
印　　张：8.375
字　　数：106千字
版　　次：2018年10月第一版　　2018年10月第一次印刷
书　　号：ISBN 978-7-5133-3168-5
定　　价：638.00元（全十一册）

版权专有，侵权必究；如有质量问题，请与印刷厂联系调换。